KB098983

사랑을 하자
꿈을 꾸자
여행을 떠나자

가쿠타 미츠요 지음
이지수 옮김

서커스

KOI WO SHIYO. YUME WO MIYO. TABI NI DEYO

by Mitsuyo Kakuta

Copyright © Mitsuyo Kakuta, 2006

All rights reserved.

Originally published in Japan in 2006 by Sony Magazines.

Korean translation copyright © 2019 by Circus Publishing Co.

This Korean edition published by arrangement with Kakuta Mitsuyo Office, Ltd./

Bureau des Copyrights Français, through HonnoKizuna, Inc., Tokyo, and Danny Hong Agency

차례

사랑을 하자

꿈을 꾸자

여행을 떠나자

사랑을 하자
꿈을 꾸자
여행을 떠나자

일러두기

1. 이 책은 가쿠타 미츠요(角田 光代)의 『恋をしよう。夢をみよう。旅にでよう。』(角川文庫, 2009)를 완역한 것이다.
2. 사이시옷은 발음과 표기법이 관용적으로 굳어져 있는 경우를 제외하고는 가급적 사용을 지양했다.
3. 일본어 'ち'와 'つ'는 철자의 위치에 상관없이 '치'와 '츠'로 표기했다.
4. 일본 인명의 경우 성 다음의 이름이 파열음 ㅋ, ㅌ, ㅍ으로 시작될 경우 그대로 표기했다. 단 성의 경우는 ㄱ, ㄷ, ㅂ으로 표기했다.
5. 일본 고유명사 표기는 음독의 경우 관용적으로 굳어진 경우를 제외하고는 일본어 한자음을 사용하지 않고 가급적 우리 한자음대로 적었다.

사랑을 하자

恋をしよう。

당신의 집은
어질러져 있나요?

올해 봄 즈음부터 나는 어떤 생각에 사로잡혀 있었다.

작업실을 갖고 싶다……는 것이 바로 그 생각이다.

나의 집은 작업하는 공간과 주거 공간이 합쳐져 있다. 작업용 방은 약 7.4제곱미터짜리 다다미방.

다다미방에서 일을 하고 부엌에서 밥을 먹고 침실에서 잠을 자는, 만보계를 차면 2천보 정도밖에 안 걷는 생활. 2천보만 걸어도 전혀 상관없지만 문제는 걸음 수가 아니라 이 7.4제곱미터짜리 다다미방이다.

지금의 집으로 이사한 지도 2년. 처음에는 새것답게 반짝반짝했고 다다미도 7.4제곱미터 면적이 전부 다 보였던 작업용 방이지만, 1년쯤 지났을 때부터 책과 자료가 증식하고 공책과 팩스가 이리저리 흩어지며 CD와 잡지가 포개져 뭔가 엄청난 꼴이 되어갔다. 다다미가 보이는 틈은 약 0.8제곱미터 정도. 그곳은 내가 앉는 공간이다.

이런 꼴이 된 애초의 원인은 일하는 책상이 고타츠*라는 데 있지 않나 싶다.

고타츠 경험자라면 오아시스를 중심으로 마을이 형성되는 사막처럼 고타츠를 중심으로 생활이 이루어지는 그 느낌을 분명 알 것이다. 온갖 종류의 리모컨, 잡지와 책, CD와 귀이개, 머그컵과 다시마 초절임(초콜릿이나 껌도 가능), 전화기와 화장품 등등이 고타츠가 중심인 원 안에 전부 들어오게 된다. 고타츠가 고타츠 본연의 모습인 겨울에도, 이불을 걷고 좌탁처럼 쓰는 여름철에도, 아무튼 언제 어느 때라도, 또 정리해도 정리해도, 문득 정신을 차리고 보면 일용품이 전부 손이 닿는 곳에 있다. 쾌적한 소우주.

내 작업용 방도 바로 그런 상태로 우주를 형성하기 시작했다. 특히 나는 건망증이 심해서 무언가를 넣어두면 그 즉시 까먹는다. 원고 의뢰 팩스 같은 건 넣어두면 이제 두 번 다시 기억나지 않는다. 그래서 전부 꺼내둔 채다. 원고도 교정지 다발

---

* 밥상에 이불을 덮은 형태의 온열기구로 상 아래에 전기난로가 붙어 있다.

도 계약서도 원고 의뢰서도 서평용 책도 내일 보낼 편지도 전~부 고타츠 주위에 널려 있다.

그날 일을 마무리하면 물건으로 어질러진 악몽 같은 7.4제곱미터에서 나와 장지문을 탁 닫는다. 냄새나는 것에는 뚜껑을 덮으라는 속담처럼. 다른 방은 말끔하게 정리되어 있으니 나의 집에 놀러온 사람은 내가 설마하니 다다미도 보이지 않을 정도로 어질러진 방에서 일한다고는 생각지도 못할 것이다(이 공포의 고타츠방은 절대 보여주지 않기도 하고).

다다미가 보이는 0.8제곱미터의 공간에 엉덩이를 살짝 집어넣고 일하며 그럭저럭 1년은 버텼다. 그리고 2년째, 요컨대 올해 봄. '이건 뭔가 엄청 잘못됐어!' 하고, 갑자기 나는 깨달았다. 냄새나는 것에 뚜껑을 덮어봤자 다음 날에는 그 뚜껑을 열고 일을 해야 한다. 다다미가 0.8제곱미터밖에 보이지 않는 방에서 '자, 일하자!'라는 상쾌한 기분이 들 리도 없으니 '어휴, 일해야 하네, 쳇' 하는 무기력한 마음으로 그 좁은 공간에 움츠려 앉아 컴퓨터를 켜다니, 이러면 안 되지 않겠는가, 한창 일할 나이인 서른여섯 살로서는.

그래, 작업실을 빌리자! 이리하여 이 결론에 다다른 것입니다.

잠깐만, 7.4제곱미터를 정리정돈해서 쓰는 편이 더 빠르잖아, 하고 정공법으로 추궁하지 말아주세요. 그 부근은 저도 별로 깊게 생각하지 않으려고 노력 중이니까요.

봄의 결의는 장마가 시작되는 시기에 실행되었다. 집에서 도보 5분 거리에 있는 학생이 살 법한 작은 방을 빌려서 다다미를 뒤덮고 있던 모든 물건을 내 힘으로 옮겼다(종이류가 많아서 이삿짐센터에 맡길 것도 없다). 이제 고타츠방은 말끔한 다다미방이 되어 앞으로 누가 놀러 와도 나는 이 다다미방의 장지문을 활짝 열어두고 "여기가 다다미방이야~" 하며 안내할 것이다. 뚜껑을 덮어야 할 냄새 나는 것은 더 이상 나의 집에는 없다.

그런데 알고 계신지요? 요즘 임대 아파트의 계약서에는 '방을 청소할 것'이라는 조항이 있다는 사실을. 나는 처음 알았다. 아픈 데를 갑자기 찔려서 움찔했더니 부동산 사장님이 "왜, 요즘 텔레비전에 많이 나오잖아요. 산더미 같은 물건으로 집이 온통 어질러져 있는 사람이라든가…… 그리 되면 곤란하니까 최근에 추가된 계약 사항이에요"라고 설명해줬다. 으음……

그런데 당신의 집은 어질러져 있나요? 혹시 당신도 고타티스트? 위험한 물건이죠, 고타츠란. 정말로요.

오늘 점심,
뭐 먹었어요?

그리하여 (지난번 글에 이어) 나는 고타츠방을 무사히 탈출해서 작업실을 손에 넣었다.

한편 내 노동 시간은 원칙적으로 오전 8시 반부터 오후 5시까지. 7년쯤 전부터 내내 그렇다. 물론 전날 술을 많이 마시면 지각해서 9시 반이나 10시가 되고 헬스장에 가는 날은 3시 반 무렵에 조퇴하기도 하지만, 뭐 일단은 회사에 다니는 사람과 매우 비슷한 행동 패턴이다.

작업실이 생겨서 통근을 하게 되었다. 8시쯤 집을 나서서 5시 넘어 돌아온다. 그래서 새로 떠오른 문제가 있다. 점심 문제다.

8시 반부터 5시까지 일하는 나의 점심시간은 물론 12시부터 1시. 집에서 일할 때는 12시에 일을 딱 멈추고 부엌에 가서 간단한 음식을 만들어 먹었다.

그런데 통근을 하게 되니 점심도 어딘가로 먹으러 가야만 한다. 작업실의 손바닥만 한 부엌에서 요리하는 건 싫고, 점심밥을 만들기 위해 집으로 돌아가기도 귀찮으니까.

운 좋게도 내 작업실 주위에는 대기업이 몇 군데 있어서 정오 무렵이면 여기저기의 식당과 술집이 점심 영업을 한다. 점심밥을 먹기에는 어려움이 없다. 그래서 나도 12시 조금 전에 지갑을 챙겨들고 부랴부랴 (대기업에서 일하는 유능한 여성인 척하며) 점심을 먹으러 밖으로 나가기로 했다.

이제까지는 혼자 음식점에 들어가는 것이 내내 힘들었다. 점심을 홀로 먹으러 가다니, 정말이지 태어나서 처음 하는 경험이다. 처음에는 꽤나 긴장했다. 지금은 상당히 익숙해졌지만.

그래서 드는 생각이 있다. 점심밥, 비싸지 않나요?

작업실 주변 점심을 파는 모든 가게의 표준 가격은 평균 900엔이다. 디저트와 커피와 샐러드를 포함하여 900엔.

이제껏 매일 점심은 집에서 꼬박꼬박 만들어 먹어서 점심의 외식 가격 같은 건 한 번도 생각해본 적 없다. 광고를 통해 햄버거나 소고기덮밥이 이상하리만치 싸다는 것은 알고 있어서, 가게라는 가게는 모조리 맥도널드나 요시노야*의 영향을 받아

가격 파괴를 했을 거라고 무심하게 생각했다. 오백 엔짜리 동전 하나만 있으면 어디서든 점심을 먹을 수 있지 않을까 어렴풋이 짐작했다.

하지만 집집마다 900엔. 어느 가게에나 사람들이 버글버글하다. 젊은 여자들, 젊지 않은 여자들, 아저씨들, 남녀 혼합 그룹, 여하튼 일하는 사람들로 점심때는 어디든 꽉 차 있다. 그렇다는 것은 다들 매일매일 점심값으로 900엔을 낸다는 뜻이다.

900엔은 한 번 내면 그리 비싸지 않지만 10일 연속이면 9천엔입니다. 20일이면 1만 8천 엔입니다. 30일이면 2만 7천 엔입니다. 40일이면…… 이제 그만하겠습니다만, 게다가 밤에 술이라도 마시려 하면 뱃속에 넣는 것만으로 엄청난 지출 아닌가요!

텔레비전에서는 주부들이 살짝 기분 내어 3천 엔짜리 점심을 먹거나 하면, 패널이 "남편은 일하고 있는데" 운운하며 비난하듯 말한다. 그런 장면을 무심히 보다 보면 다음 생에는 전업주부가 되고 싶다는 생각이 들지만, 부인이 어쩌다 외식으로 먹는 3천 엔짜리 점심은 싼 것이다. 남편은 점심값을 더 쓰고 있으니까.

---

* 일본의 대표적인 저가 식당 체인점으로 각종 덮밥이 주력 상품이다.

그래도 맛있으면 괜찮기는 하다. 하지만 '이게 뭐야' 싶은 메뉴를 내는 가게도 있다.

가령 매콤하게 볶은 다진 고기와 양파, 양상추, 방울토마토를 밥 위에 얹어서 '에스닉 덮밥'이라고 하는데, 이건 그냥 잔반 덮밥이 아닌가 싶어서 나는 잠시 어안이 벙벙해졌다. 아주머니가 갑자기 생각이 나서 시험 삼아 만들어본 듯한 '소스를 끼얹은 두부 햄버그'라든지. 남자 고등학생이 "양만 많으면 되지!" 하며 만들어준 듯한 '매콤 김치볶음밥'이라든지. 자투리 채소로 만든 파스타라는 생각밖에 안 드는 '여름 채소 토마토소스 파스타'라든지.

점심 업계는 의외로 조잡하고 허술하며 되는 대로라는 것이 내가 최근에 한 굉장한 발견이다. 아마 내가 점심 영업을 시작해도 그럭저럭 해나갈 수 있지 않을까?(이런 말은 역시 뻔뻔스럽나?)

다들 점심때 뭘 먹는 걸까? 당신은 오늘 점심으로 무엇을 먹었나요? 덧붙이자면 나는 술집에서 파는 점심 메뉴인 '민스커틀릿, 낫토를 섞은 참치회, 가지 장국 세트'. 880엔이었다.

남자의 어떤 점에
설레나요?

얼마 전 여성지에서 연애 관련 취재를 받았다.

'설렐 일이 적어진 사람은 어떻게 하면 좋은가?'라는, '안 설렘 문제'의 대처법 등을 생각해보자는 취재였다.

이 문제에 대해 작가인 여성, 편집자인 여성과 함께 셋이서 비교적 진지하게 이런저런 이야기를 나누었는데, 문득 작가가 "전혀 좋아하지 않는 남자라도 어떤 몸짓에 '심쿵'해서 설렐 때가 있어요"라고 말했다. "예를 들면요?" 물었더니 "차를 후 진시킬 때"라고 즉답했다.

운전석의 남자가 조수석 등받이에 손을 걸치고 뒤를 획 돌아보며 핸들을 돌리는 그 행동을 보면 그게 어떤 남자라도 두근거리는 모양이다. "저도 알아요!" 작가가 '남자의 차 후진'을 몸짓으로 설명하자마자 편집자가 외쳤다. "심쿵해요, 심쿵해!" "그리고 담배에 불을 붙이려고 라이터에 얼굴을 갖다 대면서 눈을 이렇게 가늘게 뜰 때 심쿵하죠." 작가는 진지한 얼굴로 말한다. "저는 이런 식으로 머리카락을 쓸어 올릴 때도 심쿵하던데요." 편집자도 심각하게 그 동작을 설명한다.

여기서부터 화제는 '안 셀렘 문제'에서 '심쿵하는 순간'으로 갑자기 넘어가 우리는 취재 따위는 완전히 잊어버리고 밤 1시의 술집 분위기로 심쿵 포인트에 대해 뜨겁게, 뜨겁게 실컷 이야기를 나누었다(오후 1시의 출판사 회의실에서, 물론 술도 없이).

그들이 말하는 라이터에 가늘게 뜨는 눈에도 머리 쓸어 올리기에도 나는 전혀 심쿵하지 않지만 차 후진이라면 그럭저럭 알 것 같다. '그럭저럭'을 붙인 이유는 남성이 차를 후진시키는 장면을 나는 인생을 통틀어 두세 번밖에 본 적 없어서 머릿속에 잘 그려지지 않기 때문이다(운전면허가 없는 가족들 틈에서 자랐고 차가 없는 남자랑만 사귀었다).

그러면 나는 무엇에 심쿵하는가 하면, 남자가 내 종지에 간장이나 소스나 양념장을 부어줄 때다. 다 같이 한잔할 때 남자가 자기 종지에 간장을 붓는 김에 팔을 쑥 뻗어 건너편이나 옆에 앉은 내 종지에도 부어주는 그 행동에 심쿵하지만, 이건 작가와 편집자 두 분의 찬동을 얻지 못했다. '뭐어~ 간자앙~?'이라는 듯한 얼굴로 흘끗 바라본 것을 끝으로 다음 화제로 넘어 가버렸다.

나는 남자의 손을 잘 본다. 말하자면 가벼운 손 페티시인 것 같다.

손이나 손가락은 그 사람의 본질 같은 것을 잘 드러낸다고 생각하지 않나요? 손을 보고 받은 느낌이 그 후 친구로서든 연 인으로서든 그 사람과 사귄 뒤의 인상과 딱 맞아떨어진 경험 이 내게는 몇 번이나 있다.

곧게 뻗은 매우 아름다운 손가락에 너무 고와서 소년 같은 손바닥, 손톱도 깨끗하게 잘려 있어서 보기만 해도 청결할 것 같은 손을 가진 사람이 지인 중에 있었다. 남자 손으로 두기에 는 아깝다고 나는 언제나 생각했지만, 친구로서 사귀어나가던 중 그가 터무니없이 미숙하다는 사실을 깨달았다. 전반적인 인 간관계에 미숙했다. 귀찮은 일이 벌어지거나 성가신 일이 생 기면 슬쩍 도망친다. 도망쳐서 안전지대에 있다는 것을 확인한 다음에 자기 정당화를 하는 듯한 변명을 한다.

그가 엄청나게 미숙한 방식으로 연인을 찼을 때 '아, 손 그대 로다'라고 나는 생각했다. 깨끗하고 심플한 것을 좋아해서 더 러워지거나 복잡해지기 시작하면 소년처럼 민첩하게 달아난 다. 하지만 사람과 관계를 맺는다는 것은 더러움과 복잡함을 받아들이거나 그것들과 타협을 맺는 일이 아닐까. 이제 어른이 어떻게 해주기를 기다리는 아이가 아니니까. 그때 나는 그렇게 생각했다.

그래서 간장 말인데, 남이 간장이나 소스를 부어줄 때는 손이나 손가락을 뚫어져라 쳐다보게 된다. 내 타입의 손을 가진 사람이 간장을 부어준다면 그건 역시 심쿵하지요.

……그런데 심쿵 포인트란 어쩌면 이렇게 개인적이면서도 사소한 것일까. 간장 부어주기도 어지간하지만, 라이터에 눈을 가늘게 뜨거나 머리카락을 만지는 것도 더할 나위 없이 사소한 몸짓이다. 여자는 그런 몸짓에 심쿵하거나 설레니까 귀여운 존재라고 절절히 생각한다. 다음에 태어날 때는 남자가 되고 싶다.

당신은 남자의 어떤 점에 설레나요? 역시 사소한 몸짓인가요?

칭찬남을
만난 적 있나요?

칭찬을 어마어마하게 잘하는 남자, 라는 존재가 가끔 있다.

말투에 흑심 없이, 별일 아니라는 듯, 그러나 상대가 자신은 특별하다고 착각할 정도로 능숙하게 칭찬한다. 당연히 이런 남자는 엄청나게 인기가 많다.

그건 좋다. 칭찬이 능숙하다는 것은 그 남자의 틀림없는 장점이니까.

문제는 칭찬받은 여자가 너무도 기쁜 나머지 그 뒤로 그 칭찬에 얽매여 살아가는 경우가 있다는 점이다.

이를테면 말이죠.

학생 때 반 친구 가운데 샷짱(가명)이라는 여자아이가 있었다. 샷짱은 그럭저럭 귀여워서 남자애들에게도 나름대로 인기가 있었다. 물론 여자애들도 좋아했다.

이 삿짱을 포함한 남녀 몇 명이서 밥을 먹으러 갔을 때의 일이다. 와글와글 떠들면서 밥을 먹었는데, 같은 자리에 있던 구사카베(가명)가 밥을 먹는 삿짱을 보며 진지하게 말했다.

"너는 정말로 맛있게 밥을 먹는구나. 기분이 좋아질 정도로 거침없이 먹어. 여자로서는 드물게 말이야. 보고 있으면 나까지 특별히 맛있는 걸 먹고 있는 느낌이 드네."

구사카베의 그 말을 듣고 삿짱의 뺨이 발그레해진 것을 옆에 있던 나는 알 수 있었다. "아이참, 거침없이 먹는다니 실례잖아." 삿짱은 즉시 되받아쳤지만 발그레한 공기는 내내 삿짱에게서 피어오르고 있었다.

그 뒤 삿짱은 마법에 걸린 듯 구사카베를 사랑하게 되어 과감한 공략을 시작했지만 결국 잘되지 않았다. 그래도 삿짱은 그 일을 아주 냉정하게 받아들여서 울부짖거나 스토커처럼 구는 일 없이 구사카베와는 쭉 친구로 지냈다.

삿짱은 사랑에 빠지기 전과 후를 비교하면 아무것도 달라지지 않은 듯 보였지만, 딱 하나 변화가 있었다. 바로 엄청나게 거침없이 먹는 여자로 변한 것이다.

분명 칭찬받은 것이 상당히 기뻤겠지. 삿짱은 어느새 '먹보 캐릭터'가 되었다.

그럭저럭 인기 있는 이런 여자애도 하늘로 날아오르게 하다니, 대단한 칭찬 테크닉이야. 구사카베는 굉장하군. 밥을 덥석덥석 먹는 삿짱을 보며 나는 진심으로 생각했다.

학창 시절로부터 벌써 10년도 더 지났지만 아직도 먹보 캐릭터인 삿짱을 보면 이제는 더 이상 만날 기회도 없는 예전의 반 친구에게 나는 존경심조차 품게 된다.

이렇게 말하는 나도 칭찬남을 만난 적이 있다. 이 칭찬남은 나보다 나이가 꽤 많았는데, 역시 여러 명이서 술을 마실 때 그가 나를 보며 진지하게 말했다.

"가쿠타는 담배를 참 우아하게 피우네. 젊은데도(※이때 나는 젊었다) 보기 드물게 말이야. 피우는 동작에 품격이 있어."

취했던 나는 발그레, 정도가 아니라 아찔, 해졌다.

이 칭찬남과는 나이 차이가 너무 많이 나서 사랑에 빠지지는 않았지만 나는 그에게 크나큰 호감을 품게 되었다. 실은 지금도 품고 있다.

그리고 당연히도 내 속의 '흡연 캐릭터'가 부스스 고개를 쳐들어서 피우는 개비 수가 폭발적으로 늘어났다는 것은 두말할 필요도 없다.

그런데 바로 얼마 전.

여럿이서 마시는 자리에 예전에 나의 흡연 동작을 칭찬했던 나이 많은 칭찬남도 섞여 있었는데, 그의 근처에 앉아 있던 나는 듣고 말았다. 그가 거기 있던 다른 여성에게 "너는 담배를 우아하게 피우네"라고 진지하게 말하는 것을.

……확신범인가? 그러나 흑심이나 계산 따위가 전혀 느껴지지 않는 것이 칭찬남의 대단한 점이다. 실제로 칭찬남은 칭찬만 할 뿐 데이트 신청도 안 하고 인기를 끌려 하지도 않는다. 칭찬받은 여자의 캐릭터가 그 뒤로 어떻게 변하든 전~혀 신경도 쓰지 않고 눈치조차 못 챈다. 훌륭하다, 칭찬남. 그래서 인기가 많은 거겠지.

당신도 한 번쯤은 있죠? 칭찬받아서 캐릭터가 미묘하게 변한 적이. ……없다고요?!

실제 가격보다
비싸 보이는 법은?

  십대부터 이십대 초반까지 중고 옷을 좋아해서 자주 입었다.

  내 어머니는 중고 옷을 몹시 싫어한다. 궁상맞아 보여서 그런가 했더니, 그게 아니라 사람의 염念이 옷에 배어 있다는 몹시 원시적인 의견을 가지고 있었다.

  전에 그 옷을 입었던 사람의 염이 옷에 들러붙어 있다, 명랑한 염이라면 괜찮지만 중고 옷가게로 들어올 정도니 분명 슬프고 부정적인 염이다, 라는 것이 어머니의 주장이다.

  젊은이들 사이에서는 '잘 나가는' 가게를 일부러 찾아가서 산 것이라는 주장은 당연히 통하지 않았다.

  그래도 뭐, 어머니와 같이 사는 것도 아니고 매일 만나는 것도 아니니 나는 항상 중고 옷을 입었다.

하지만 나이가 들어감에 따라 나도 중고 옷에서 멀어졌다. 어머니가 말하는 '염'이 무서웠던 것은 결코 아니고, 그저 어울리지 않게 되었기 때문이다.

엄청나게 세련된 코디네이션 천재라면 맵시 좋게 입을 수 있겠지만, 딱히 세련되지도 않은 나 같은 여자가 스물다섯 살 넘어서까지 중고 옷을 입는 것은 역시 참 모양 빠진다. 그 뒤로 나의 중고 옷을 향한 열정은 식어버렸다.

그런데. 언젠가 본가에 놀러 갔을 때, 내 전신을 흘끗 본 엄마가 평소처럼 미간을 찌푸리며 말했다. 너, 아직도 그런 중고 옷 입어? 중고 옷이라는 건 말이야, 전에 입던 사람의 염이…… 하며 예전과 완전히 똑같은 설교를.

잠깐만, 그게 아니고, 이건 완전 새 옷인데요! 정말이지 엄마는 보는 눈이 없다니까. 나는 코웃음을 쳤지만 그때 문득 찜찜한 의문이 생겼다. 그리고 그 의문은 서서히 사실로 확정되었다.

설령 어마어마하게 값비싼 옷이라도, 내가 걸치는 순간 싸구려로 보이는 모양이다. 5만 엔짜리 옷을 입어도 3980엔으로밖에 안 보이는 사람 있잖아요? 그게 바로 접니다.

세상은 실로 불공평해서 3980엔짜리 옷을 입어도 5만 엔짜리로 보이는 사람도 있다. 이야, 그 가방 근사하네, 어디서 샀어? 하고 (엄청나게 비싼 가게를 상정하며) 물었는데 마트 세일할 때 샀어, 후후후, 라는 대답이 돌아오면 우와, 그렇게 안 보여, 감탄하면서 나는 마음속으로, 치사해! 하고 외친다.

이런 나도 어느 브랜드의 옷을 너무 좋아해서, 어차피 중고로 보일 거고 어차피 싸구려로 보이리라는 것을 알면서도 가끔 그 브랜드의 옷을 들뜬 마음으로 사와서 입는다.

하지만 역시 요전에 그 브랜드 옷을 입은 내게 친구가 "보기 드문 천이네. 직접 만들었어?" 하고 물었다. 직접 만들었느냐니……

그러나 풀이 죽기에 앞서 나는 그 브랜드의 얼굴 모르는 디자이너 및 아름다운 판매원들에게 남몰래 사죄했다. 죄송합니다, 저 같은 사람이 입어서요, 하고.

남자 중에도 가끔 있다. 이 양복 폴 스미스야, 하며 자랑하지만 아무리 봐도 두 벌에 한 벌 가격이 장점인 가게의 상품으로밖에 안 보이는 사람. 이 티셔츠 캘빈 클라인이야, 해도 유니클로로밖에 안 보이는 사람. 그런 사람을 '촌스러워!' 생각하면서도 동시에 '동지여……' 하며 깊은 우정을 느끼기도 한다.

있죠, 혹시 당신이 입고 있는 옷은 실제 가격보다 비싸 보이나요? 그렇다면 그 비결이 뭔가요? 뭔데요?! 제발 가르쳐줘요.

당신의
기본 설정은?

친구나 편집자, 지인과 이야기하다 보면 혹시 내 연애 경험이 한쪽으로 쏠려 있나 싶을 때가 가아~끔 있다.

서른 살이 넘도록 바람피우지 않는 남자를 사귄 적이 없다거나, 구두쇠를 사귄 경험이 한두 번이 아니라거나, 회사원과 사귄 적이 없다거나, 남자가 무언가를 사주는 교제 경험이 없다거나. 이런 모든 것이 지극히 평범한 일이고 다들 그런 교제를 거듭하며 어른이 되었겠거니 했다.

그런데 아닌 모양이다. 이 세상에는 보다 훌륭한 남자가 잔뜩 있는 모양이다. 착실히 회사를 다니며 밥을 사주거나, 무언가를 선물해주거나(뭘 선물해주는지는 경험이 없어서 잘 모르겠다. 쌀이나 된장은 아니리라고 짐작한다), 바람은커녕 애인이 아닌 여자와는 단둘이 밥도 안 먹는 남자도 허다해서 내 친구나 지인들은 하나같이 이런 성실한 남자밖에 모른다.

뭔가 너무 불공평한데, 하며 오랫동안 나는 자신의 남자 운을 탓했지만 요즘 들어 그게 아닐지도 모른다는 생각이 든다.

남자 운 따위는 존재하지 않으며, 나도 친구도 지인도 스스로의 단순한 기본 설정에 충실하게 연애를 해온 것뿐이지 않을까.

거기에는 우연도 운수도 운명도 없다. 있는 것은 그저 그 사람이 이성에 대해 '가장 중요하게 생각하는 점'과 '가장 용서할 수 없는 점'뿐. 연애를 좌우하는 것은 오직 이 두 가지가 아닐까.

그렇게 생각해보면 나는 남성의 거의 모든 면을 아무래도 좋다고 여긴다. 상대에게 요구하는 가장 중요한 사항이 '술을 마실 수 있을 것'일 때도 있다. 회사원이든 아르바이트생이든 밥을 사주든 사주지 않든 실은 아무래도 상관없다.

물론 바람둥이나 구두쇠라도 상관없을 리는 없지만, 되도록 그런 사람과는 연루되고 싶지 않지만, 기본 설정이 느슨하니 정신을 차리고 보면 '술은 마실 수 있지만 바람도 피우는 사람' '술은 마실 수 있지만 엄청난 구두쇠'와 얽혀 있다. 얽히고서야 비로소 기본 설정의 느슨함을 알아차리고 마음을 다시 다잡는다.

용서하지 못하는 점에 대한 나의 기본 설정도 느슨하다면 느슨하다. 남자에 관해 내가 가장 용서하지 못하는 점은 품성이 나쁜 것이다. 폼 나게 말하자면 정신적 기품이 없는 것, 쉽게 말하자면 치사한 것을 용서할 수 없다. 이 역시 너무 추상적이라서 '품성은 좋지만 백수' 같은 사람을 만나기도 한다.

이를테면 헤어진 여자에 대한 험담에 정신없이 열을 올리는 남자는 어마어마하게 품성이 나쁘다. 어딘가에서 들어본 말만 늘어놓고 자신의 언어가 하나도 없는 남자도, 편견덩어리에 표면적인 일로 사람을 쉽사리 판단하고 차별하는 남자도. 거만한 남자도, 아는 척을 많이 하는 남자도(그게 여자라면 나는 아무렇지 않다).

'가장 중요한 점'은 경험에 따라 차차 바뀐다. 그도 그럴 것이, 구두쇠와 사귀어보면 역시 술을 마실 수 있는지 없는지보다 경제관념이 맞는지 안 맞는지가 더 중요해진다. 말(언어가 아니라 의도나 의미)이 통하지 않는 사람과 사귀면 경제관념보다 일단은 같은 언어 감각이 더 중요하다고 생각하기도 한다.

하지만 '가장 용서할 수 없는 점', 이것만은 계속 변하지 않는다. 10년 전이나 지금이나 나는 품성이 비열한 사람을 피하고 있다. 단, 10년 전에는 바람기 같은 건 품성과 관계없다고 생각했지만 서른이 넘은 지금은 바람피우는 남자는 역시 비열

하다고 여기게 되었다. 그런 차이는 있다.

중요한 점과 용서하지 못하는 점, 요컨대 사람은 이 두 가지를 충족시키는 남자라면 누구라도 사귀는 게 아닐까.

"어째서 저런 난봉꾼과……" "왜 저런 처자식 딸린 남자를……" "뭣 때문에 저런 몹쓸 남자랑……" 친구들의 애인을 보고 가끔 나도 남들도 말하지만, 그 남자들은 그들 나름대로 그녀들의 기본 설정에 꼭 들어맞을 것이다. 남자 운이 나쁘다는 말을 듣는 여자는 요컨대 기본 설정이 느슨하달까, 이해타산적이지 않을 뿐이 아닌가 하고 요즘 나는 생각한다.

당신의 기본 설정은 무엇인가요? 가장 중요한 점과 가장 용서하지 못하는 점은?

아아, 여자 친구들과 이런 이야기를 하다 보면 재미있어서 아침이 되어버린다니까.

산이란
뭘까요?

지금 나는 이탈리아에 있다.

일로 이탈리아에 다녀온다고 알렸더니 친구와 지인은 하나같이 이탈리아, 좋겠네, 했다. 축구나 미술이나 식사나 패션이나 거리 풍경 같은 것을 상상하며 그렇게 말해준 모양이다.

하지만 이번 일은 '산에 오른 뒤 기행문 쓰기'. 축구와도 미술관과도 거리와도 옷과도 딱히 관계없는, 산기슭 숙소에서 열흘 정도 머무르며 매일같이 산을 올라가는 일이었다.

나와 산이라 하면 메밀국수와 마요네즈만큼이나 거리가 멀다. 이제껏 했던 여행 가운데 '할 일이 정말이지 하나도 없어서 어쩔 수 없이 숙소 근처 언덕에 올라갔다'거나 '버스가 분명 있을 거라고 생각해서 걷기 시작했는데 운행을 안 해서 어쩔 수 없이 산을 도보로 넘었다'거나 '산 정상에 있는 절에 가고 싶어서 어쩔 수 없이 산을 올랐다'와 같은 경험은 있지만 스스로 좋아서, 꼭대기에 아무것도 없는 산에, 오르는 것만을 목적으로 등산한 적은 한 번도 없었다.

그런 나에게 어째서 산 관련 일이 들어온 것인지는 잘 모르겠지만, 나는 여행할 수 있다면 뭐든 좋을 정도의 여행광이기 때문에 받아들였다. 산을 오른다는 것은 내 안에서는 하이킹 정도의 이미지밖에 없었다. 삼각김밥을 들고 콧노래를 흥얼거리며 들판의 꽃 같은 걸 감상하며 꼭대기로 향하는.

이탈리아와 산이라니, 전혀 상상이 안 되었지만 오스트리아 국경과 가까운 북부에는 3천 미터급 산이 널려 있다. 그 가운데 비교적 초보자에게 적당한 산을 골라서 올라갔다. 매일매일.

이제껏 살아오며 딱히 본 적 없는 등산 도구가 척척 건네졌다. 등산 도구, 다시 말해 자일, 아이젠, 스틱 같은 것에서부터 등산용 속옷, 장갑, 신발, 고어텍스 점퍼 같은 의류에 이르기까지 모두 나는 처음 보는 물건들이었다. 건네받은 그것들을 일러주는 대로 몸에 걸치며 정말로 하이킹인지 의문이 들기 시작했다.

쉽게 봤다. 너무 쉽게 봤다. 내가 도착한 날 눈이 와서 산마다 보기 좋게 눈이 쌓여 있었다. 그 설산을 묵묵히 올라가는 것이다. 삼각김밥을 먹을 형편도 콧노래를 부를 형편도 아니다. 꽃 같은 건 한 송이도 안 피어 있다. 쥐죽은 듯 고요하고 인적이라고는 전혀 없는 산길을 그저 나아가며, 때로는 암석을 기어오르며, 길 없는 급경사를 올라가고 깎아지른 듯한 벼랑을 따라 걷는다.

게다가 내게는 약간의 고소공포증이 있어서 폭이 좁고 높은 장소가 현기증이 날 정도로 힘들다. 이럴 예정이 아니었는데…… 집에 가고 싶어…… 그치만 이제 두 번 다시 못 돌아갈지도 몰라…… 분명 저 벼랑에서 굴러 떨어질 거야…… 여행을 시켜준다고 해서 뭐든 넙죽넙죽 받아들이는 건 잘못됐어…… 대체로 나는 늘 선견지명이 부족하다니까…… 이런 갖가지 부정적인 생각이 머릿속에서 성난 파도처럼 철썩인다. 실제로 몇 번이나 눈물이 나려 했다. 울어봤자 어떻게 되지 않으니 꾹 참으며 그저 걷고 또 걸었지만.

산도 처음인 데다 익숙지 않은 눈길이라 생각보다 시간이 훨씬 더 걸려서 걸어도 걸어도 최종 지점이 보이지 않는다. 그건 그렇고 대체 여기는 어디일까? 단순한 의문이 피어오른다. 이탈리아는 파스타와 축구와 패션의 나라 아니야? 로마나 밀라노나 피렌체가 이탈리아 아니야? 따뜻한 곳에서 맛있는 와인을 마시고 싶어!

마지막에는 왠지 체념하는 경지에 올랐다. 못 돌아가도 상관없어, 여기서 썩어 문드러져도 괜찮아, 다음 달 초가 마감인 소설을 안 써도 되잖아, 하며 부정적인 생각이 절정이다.

하지만 걸으면 언젠가는 어딘가에 다다른다. 다다랐을 때도 상쾌함이나 성취감이라고는 하나도 얻지 못한 채 헐떡헐떡 숨을 몰아쉬며 "안 죽었네……" 하고 중얼거렸을 뿐이지만.

마치 고행 같은 산속 생활을 어제 마치고 지금은 베네치아에 있다. 도시다. 엄청난 관광지다. 가는 곳마다 바르bar와 카페와 리스토란테ristorante가 있다. 사람들은 즐겁게 쇼핑하며 다닌다. 으음, 번화가로구나.

하지만 도시로 돌아온 뒤 산은 뭔가 즐거웠지, 하며 기묘한 생각을 하기도 한다. 산이란 대체 무엇일까? 귀국한 뒤 등산 모임이라도 만드는 거 아냐?

집 이야기와 애인 이야기,
관계있지 않나요?

친구와 연애 이야기를 한다고 치자.

자기 애인을 무턱대고 칭찬하는 사람과 무턱대고 깎아내리
는 사람이 있는 것 같지 않나요?

학창 시절의 친구 F는 칭찬형이라서 자신의 남자 친구는 다
정하고 멋있고 센스 있고 대인관계도 좋다며 애인 칭찬을 입
에 침이 마르게 했고, 듣고 있던 우리는 근사한 사람이네, F는
행운아야, 나도 될 수만 있다면 F가 되고 싶어, 하고 진심으로
탄식했지만 이 남자 친구는 대인관계가 너무도 좋았는지 어쨌
는지 바람기가 있었다.

하지만 그 바람기조차 F의 칭찬 범주 안에 들어갔다. F는 그
래도 솔직하게 고백해줬어, 가장 좋아하는 건 나라고 말해줬

어, 내가 바빠서 별로 신경을 써주지 못한 게 나빴어, 라고 푹 빠진 표정으로 말하는 것이었다.

이건 애인의 인격 운운이 아니라 F라는 아이의 성격이라고 나는 이해했다.

반대로 뭘 그렇게까지…… 싶을 정도로 애인을 깎아내리는 사람도 있다. 남자 친구가 누구를 닮았느냐고 물어보면 태연하게 "호박"이라고 대답하고, 심지어 뚱뚱하다느니 머리가 벗어졌다느니 덧붙이며 데이트다운 데이트를 한 적도 없고, 가는 가게는 시로키야*나 쇼야** 같은 데고, 쉬는 날에는 맨날 게임만 한다는 식으로 푸념만 잔뜩 늘어놓아서 조만간 헤어지겠거니 내심 생각해도 꽤 오랫동안 만난다. 같이 만나보면 호박 치고는 상당히 멋진 호박이고, 친절한 데다 배려심 있는 사람으로 사랑이 넘치기도 해서 왜 이 애는 그렇게 나쁘게 말한 걸까 고개를 갸웃거린다.

이 역시 애인의 인격 운운이 아니라 그 애의 성격이다.

물론 입에 침이 마르게 칭찬받는 애인이 정말로 멋진 사람일 때도 있고, 욕을 먹는 사람이 최악의 남자일 때도 있다. 완

* 저렴한 술집 체인점.
** 저렴한 해산물 요리 체인점.

벽하리만치 객관적으로 만사를 묘사하는 여자도 적지 않다.

그래서 말이죠, 저는 어떤 발견을 했답니다. 바로 자기가 살고 있는 집에 대한 이야기와 애인에 대한 이야기가 비례한다는 것이죠.

이사한 친구에게 이번 집은 어떠냐고 물었다 치자. 좋은 점만 설명하는 사람과 결점을 먼저 이야기하는 사람, 명확하게 두 타입으로 나뉜다.

"전에 살던 곳에 비해 넓어졌고 밤에는 엄청 조용해. 바로 옆이 공원이어서 창밖으로 녹음이 잔뜩 보여"라고 친구가 절찬하는 집에 놀러가 보면, 역에서 도보 20분이거나 예전 집보다 넓어지기는 했지만 지은 지 오래되었거나 한다. 하지만 '전과 비교해서 좋아진' 점을 강조하는 사람은 애인 역시 무턱대고 칭찬한다.

"옆집 소리가 들려. 집세가 전보다 만 엔 더 비싸. 화장실 벽지가 마음에 안 들어"라는 식으로 운을 떼는 사람은 애인도 마찬가지로 일단 깎아내린다. 그러면 호박낚처럼 실제 집도 생각보다 좋은 물건인 경우가 있다.

그리고 당연히 울트라 객관녀는 자기 집 상태에 대해 담담하게 서술할 뿐이다.

이런 이유로 동성 친구와 이야기하며 '그래서 이 애의 애인은 실제로 대체 어떨까?'라는 의문이 들 때, 나는 집에 대해 묻고는 한다. 집을 무작정 칭찬하면 그 친구가 말하는 근사한 남자상에서 조금 빼서 이해하고, 집을 헐뜯으면 불쌍한 애인에게 가산점을 얹어준다.

나는 완벽한 헐뜯기쟁이다. 그것이 사람이든 집이든 언제나 결점부터 먼저 말한다. 그래서 매번 "이번에는 언제 이사가?"라거나 "애인이랑은 이제 헤어졌어?"라는 이야기를 듣게 된다. 하지만 나 자신은 성격상 헐뜯는 것이지 이사 가고 싶다고 푸념한 일도, 애인의 이런 점이 이제는 싫다고 폄하한 일도 완전히 까먹고 있기도 한다. 어, 나 이사하나? 애인이랑 헤어지나? 하며 그때마다 놀라서 눈이 휘둥그레진다.

이건 분명 집의 문제도 남자의 문제도 아니라 나의 성격 문제다. 그래서 이따금 나의 헐뜯기를 진심으로 받아들인 상대가 "그런 남자랑은 얼른 헤어져버려"라고 충고하면 뭐랄까, 애인이 몹시 불쌍해진다. 미안해, 내가 험담쟁이라서…… 하며.

집 이야기와 애인 이야기, 정비례한다고 생각하지 않나요?

이렇게 기세당당하게 보고할 만큼 멋진 발견도 아니지만요…… 흑흑흑.

이런 말을 들으면
구미가 동하나요?

올해는 여름휴가도 휴일도 없이(주말은 있었지만) 노동 감사의 날*까지 일하는 굉장한 처지였으니 12월에 휴가를 잠깐 내기로 했다. 휴가라 하면 남쪽 바다.

이런 연유로 남쪽 바다로 가는 비행기 표와 숙소를 예약하러 모 여행대리점에 갔다.

카운터에 앉아 희망 일시와 목적지를 말하자 마주앉은 남성 담당자는 "이야, 북적북적하네요" 하며 입을 뗐다. "앗, 가는 사람이 많아요?" 되물었더니 "네, 바글바글하죠. 이 시기는 엄청 성수기거든요. 호텔도 거의 만실이에요"라는 것이다.

---

* 일본의 공휴일 중 하나로 11월 23일.

그런 꽉 찬 호텔에 머무르며 사람들이 북적이는 해변에서 수영하기는 싫은데. 그럼 행선지를 바꿀까. 이렇게 생각하자마자 컴퓨터를 만지작거리던 담당자는 "아아, 아슬아슬하게 조금 비어 있어요. 아슬아슬했네요. 예약을 넣는 편이 좋을 것 같은데요……"라고 말했다. "그렇지만 사람이 많죠?" 나는 다시 물었다. "그래서 아슬아슬했어요. 운이 좋네요. 예약 넣을까요. 넣는 편이 좋겠네요. 아슬아슬하니까요"라고 그가 되풀이했다.

행선지를 다시 생각하기도 귀찮아서 뭐 괜찮겠지, 하고 예약을 넣기로 했다. 한데 이 남자, 예약 서류를 컴퓨터에 입력하기 위해 카운터를 떠나려다 문득 돌아와서 이상한 말을 한다. "제가 자리를 떠난 사이에 손님이 가시면 취소 수수료가 붙어요. 저어, 실례지만 뭔가 맡겨주시면 안 될까요?"

뭔가라니, 뭘요? 하고 묻자 은행 현금 카드라든지, 란다. 어째서 여행 예약을 하는 도중에 내가 달아나야만 하는가? 어째서 현금 카드를 오늘 처음 보는 남자에게 넙죽 건네야 하는가? 몹시 의문이었지만 일단 들고 있던 여권을 건넸다.

그가 멀리 있는 컴퓨터로 작업을 하는 동안 여자 2인조가 들어와서 카운터의 내 옆에 앉았다. 이쪽의 담당자는 여성. 2인조는 사이판이나 괌에 가고 싶은 모양이다. "1월이나 2월에 가고 싶은데요." 그들이 말하자 이 여성 담당자도 "우와, 사람이 굉장히 많을 때예요"라고 했다. "앗, 북적이나요?"라는 2인조.
"바글바글하죠~. 1월, 2월, 3월이면 졸업여행 시즌과 겹쳐서
많이들 가거든요."

　내가 예약을 넣은 곳은 태국인데, 그 말인즉슨 태국도 괌도
사이판도 12월이든 1월이든 2월이든 3월이든 일본인으로 바
글바글하다는 뜻이다. 분명 멕시코도 모로코도 뉴욕도 일본인
으로 바글바글할 테지. 그렇다, 이때 나는 겨우 깨달았다. '바
글바글'이라는 기묘한 상술 문구가 존재한다는 것을.

　사람이 많아 예약 잡기가 어렵다고 재촉해서 한시라도 빨리
예약을 넣게 만들어 돈을 내게 하려는 방책이겠지만, 이 상술
문구가 역효과라고 생각하는 것은 나뿐일까.

　예전에 S사에 이사 견적을 의뢰했을 때 똑같은 말을 들은 적
이 있다. "그 시기는 이사철이라서 트럭을 확보할 수 있을지
모르겠네요"라는 것이다.

　확보할 수 있을지 없을지 모르면 불안하니까 그럼 관둘게
요, 트럭이 비어 있는 다른 회사에 부탁하죠 뭐, 라고 나는 말
했다. 심술도 협박도 뭣도 아니고, 당일에 트럭이 없으면 곤란
하기 때문이다. 그랬더니 이 이사 업자, "다른 회사도 이사하는
사람으로 바글바글할 텐데요"라는 것이다. "그래도 안 물어보
면 모르잖아요." "아니, 이 시기는 성수기라서요. 계약을 해버

릴까요?” “근데 트럭이 없을지도 모르잖아요.” “네, 바글바글하니까요. 그러니까 지금 정해주시면 당장 물어볼게요.” “근데 트럭이 없을지도 모르잖아요.” “네에, 바글바글하니까요. 하지만 지금……” 지옥 순회 같은 반복.

거의 드문 일이지만 이때 나는 갑자기 화가 폭발해서 “트럭이 없으면 얘기가 안 되잖아욧! 이제 됐어요! 가세요! 트럭이 있는 다른 업자한테 부탁할래요!” 하고 반쯤 울면서(화가 나면 눈물이 난다) 이 업자를 쫓아냈다.

그도 그럴 것이, 설령 트럭을 확보했다 해도 그렇게 바쁜 시기면 이사 업체 직원도 서두를 테고 사고라도 나면 싫으니까.

그런데 쫓아내고 바로 2, 3분 뒤에 이 업자로부터 전화가 걸려와 “요금 깎아드릴게요”라며 물고 늘어지는 것이다. 이때도 나는 그제야 깨달았다. 아, 바글바글하다는 건 상술 문구였구나. 업자는 내가 계약하지 않고 오히려 화를 낸 것이 요금을 안 깎아줘서라고 생각했나……

사람이 많다는 말을 듣고 우와 좋아라, 다들 이사하는구나, 혹은 이야 다들 태국 해변에서 수영하는구나, 바글바글 만세! 하며 기뻐할 사람이 있다는 생각은 아무래도 안 들지만.

이런 이야기를 친구에게 했더니 그 친구가 쓴웃음을 지으며 털어놓았다. “전에 부동산에서 같은 말을 들었지. 계약하고 싶어 하는 사람이 엄청 많다는 말을 곧이곧대로 믿고 햇빛도 안 드는 좁아터진 방을 계약한 적이 있어."

······있구나······, 역시. 으으, 초조함을 부추기는 상술 녀석.

과연 태국 해변은 일본인으로 북적북적할까? 휴가로 간다기보다 오로지 그 점을 확인하기 위해 태국에 갈 마음이 생겼다.

초특출파?
초평범파?

나는 슬플 정도의 초표준녀다.

내가 다니는 헬스장에는 최신식 측정기가 있는데, 체중계처럼 생긴 그 기계에 올라가 두 손으로 은색 레버를 움켜쥐면 신장, 몸무게, 체지방, 온몸의 근육량, 지방량 등등이 1분 남짓으로 측정된다.

내 입으로 말하기도 그렇지만 나는 내 또래 여자들보다 운동을 많이 하는 편이다. 헬스장에도 일주일에 두 번씩 꼬박꼬박 가고, 그와는 별개로 격투기 계열의 체육관도 계속 다니고 있다.

그래서 이 측정기에 올라갔을 때 '에헴' 하며 의기양양했다. 내 근육량 엄청나지? 한번 봐봐, 하는 기분이었다.

그런데. 키도 몸무게도 체지방도 근육량도 지방량도 발 사이즈도 악력도, 모조리 '서른여섯 살 여성'의 평균 중에서도 평균이었다. 부끄러움을 무릅쓰고 고백하자면 아랫배 지방량만 '표준보다 많음'이었다.

이건 어떤 일일까. 물론 남보다 훨씬 키가 크거나, 훨씬 비쩍 말랐거나, 훨씬 가슴이 큰 여성 가운데 '평범한 게 좋아'라고 생각하는 사람도 있겠지만 뭐든 표준(뱃살만은 두툼하지만)인 내 입장에서는 이건 정말로 재미없고 지루한 일이다.

평범 그 자체인 나 같은 표준녀에게는 어째서인지 특출한 친구가 많다.

중학교, 고등학교 때 가장 친했던 여자 친구는 깜짝 놀랄 정도로 빼빼 마른 데다 서양 아이 같은 얼굴이었다. 이 친구는 정말이지 어디를 가든 사람들이 얼굴을 기억한다. 기억만 하는 게 아니라 모두가 좋아해서 이것저것 서비스를 받는다. 타코야키를 먹으러 가면 한 개를 덤으로 줬고, 크레이프를 먹으러 가면 주문도 안 한 핫초코가 나왔다.

대학 때 친했던 남성 친구도 몸집이 작고 말랐으며 특징 있는 얼굴이었다. 요컨대 특이한 얼굴이지만 묘하게 귀염성이 있다. 나는 또다시 이 아이 덕분에 중화요리집에서 군만두를 서비스로 받거나 술집에서 공짜로 한 잔 받거나 했다.

그 서비스에 맛이 들어 다음에 혼자 가봤자 점원은 내 얼굴 같은 건 기억하지 못하는 일이 다반사였다.

점원뿐만이 아니다. 얼마 전 지인의 결혼식 피로연에 갔을 때의 일이다. 예전에 친했던 편집자가 와 있어서 이름을 부르며 손을 흔들었더니 "누구시더라?"라고 진지한 표정으로 묻는 게 아닌가. 몇 번이나 아침까지 함께 마셨으면서…… 같이 여행도 갔으면서(둘이서 간 건 아니지만)…… 좀 심하지 않나요?

이럴 때 아아, 나의 어딘가 일부분이라도 표준에 들어가지 않는 부위가 있었으면, 하는 생각이 든다. 특출하게 키가 작든, 흠칫 놀랄 정도로 엉덩이가 크든, 잊히지 않을 정도로 얼굴이 똥글똥글하든, 뭐든 좋으니 어딘가가 비범하다면 "앗, 가쿠타 네"라는 말을 금방 들을 텐데. 아랫배 지방층이 특출하게 두꺼운 나이긴 하지만 배를 내놓고 다닐 수도 없으니까.

그런데 지난번에 텔레비전을 봤더니 아이큐 테스트라는 것을 하고 있었다.

나는 평소 내 뇌에 결함이 있다고 생각했다. 문장을 쓰는 일은 힘들지 않지만 숫자에 관한 것이 초등학생보다 더 약하다. 아는 도쿄대 교수에게 이 점에 대해 물었더니 "확실히 언어와 숫자가 그렇게 언밸런스한 건 뇌에 무슨 원인이 있을지도 몰라" 하고 말했다.

딱히 보려고 텔레비전을 틀어놓았던 것은 아니지만, 나는 부랴부랴 종이와 펜을 들고 와서 나오는 문제에 도전해나갔다. 뇌에 결함이 있으면 좋겠다고, 이때 나는 생각했던 것이다. 그러면 극단적으로 숫자에 약한 것에 대해 변명할 수 있지 않은가. 부디 아이큐 테스트가 그 변명을 완전한 것으로 만들어주기를, 하고 비겁하게 바랐다.

화장실도 참아가며 어병한 초등학생처럼 텔레비전에 딱 달라붙어서 풀었답니다, 아이큐 테스트.

이 방송은 마지막에 시청자 모두가 자신의 아이큐를 계산할 수 있도록 꾸려져 있었다. 정신없이 계산한 뒤 나는 어안이 벙벙해졌다. '서른여섯 살 여성'의 평균 아이큐는 100. 내 아이큐는 99. 또 완벽한 표준.

아니, 완벽한 표준에서 마이너스 1이라는 것이, 완벽한 표준보다 아랫배 지방이 많은 것과 마찬가지로 뭔가 처량하지 않나요.

뇌의 결함이라는 식으로 둘러쳤던 스스로가 몹시 부끄러웠다. 나는 엄청나게 평범한, 숫자에 약할 따름인, 아랫배가 나왔을 뿐인 여자입니다. 아아, 시시해라.

내년/올해의 포부는
정했나요?

서른여섯 살이 된 뒤로 화장을 하게 되었다.

오랫동안 화장을 하지 않았던 것에 강경한 의사나 의도가 있었던 것은 아니다. 딱히 외출할 일 없는 일상(나간다면 헬스장이나 근처 술집)이고, 대체로 나는 몸치장에 관해서는 질릴 정도로 게으름뱅이다. 가능하면 목욕도 안 하고 싶을 정도다.

그래도 재작년쯤 가장 친한 친구 E의 말에 크게 납득했다.

E가 말하기를 "이 나이가 되어서 화장을 안 한다는 건 어떤 확고한 의사표명이나 다름없어. 본인한테 그런 의도가 없더라도 주위에서는 그렇게 본다니까".

확실히 그런 느낌도 든다. 삼십대 중반의 여자가 민낯으로 있으면 아무도 '게으름뱅이로군' 하고 생각하지 않는다. '자기 방침이겠지' 하며 좋은 쪽으로 해석해준다. 왜, 여자만 화장을 하는 것은 이상하다든가, 화장 따위는 교태라거나, 얼추 페미니즘 계열로 말이죠.

그러고 보니 휴대전화도 안 가지고 있으면 무슨 생각이 있어서라고들 여긴다. 안 가지고 있는 이유를 대답하는 게 귀찮아져서 나는 허겁지겁 샀던 것이다. 그것도 분명 작년의 일.

가지고 있지도 않은 방침을 파악당하는 것도 곤란하다, 혹은 방침도 없이 그저 '귀차니즘' 때문에 피부에 자신도 없으면서 민낯으로 다니는 삼십대 여자는 이상하다. 그렇게 생각한 나는 사람과 만날 때나 번화가에 나갈 때는 화장을 하게 되었다.

내내 안 하던 것을 갑자기 하기 시작하면 역시 결과물이 어설프다. 화장도 피아노나 스케이트나 마작과 똑같아서 소질에다 나날의 훈련이 필요하다. 하지만 그것을 인정하기 싫기 때문에 '이건 분명 화장품이 안 맞는 거야' 하며 자신을 능구렁이처럼 속여서 가게를 바꾸어 화장품을 갖추기도 한다. 슬픈 삼십대 화장 초보녀.

요전에 휴가를 내고 태국의 섬에 갔다. 이십대 때는 아무 생각 없이 살을 태웠지만 그것이 기미가 된다는 사실은 이미 학습했다. 그래서 자외선 차단제를 들고 갔지만 하루 만에 얼굴도 몸도 전부 탔다. 아플 정도로 탔다. 이 자외선 차단제는 불

량품인가 싶어서 제품을 자세히 살펴봤더니 '산책용'이었다. 해변에서는 당연히 무용지물이다.

'뭔가 착각한 거 아니야? 이제 와서 유행 지난 태닝이라니?' 하는 몰골로 돌아온 나는 가지고 있던 파운데이션이 더 이상 맞지 않는다는 것을 깨닫고 즉시 화장품 가게로 향했다. 기왕 이렇게 되었으니 새로운 가게에 가자고 스스로를 격려하며(여기라면 화장을 잘 하게 될지도 몰라, 하는 딱한 기대도 하며).

"바다에 가서 탔어요." 별 뜻 없이 말했더니 화장품 가게 언니는 집에 불이라도 난 양 호들갑을 떨면서 타는 것이 피부에 얼마나 안 좋은지 설명했다. "저도 휴가 때 남쪽에 갔는데 긴 팔 옷을 입고 스노클링 했어요"라는 이 언니, 도자기처럼 피부가 새하얗다. "그래도 손등은 탔답니다. 목장갑을 껴야 한다고 선배에게 한소리 들었어요" 하며 웃는다.

긴팔에 목장갑 차림으로 스노클링. 이 언니는 인생에서 무언가를 '귀찮다'고 생각한 적이 한 번도 없겠지. 나는 진심으로 생각했다.

화장을 포함하여 몸치장이라는 것은 명백히 어떤 재능이다. 당연히 재능 있는 여자와 없는 여자가 있다. 재능이란 지속력이라고 나는 늘 생각한다. 계속해서 해도 힘들지 않은 무언가를 재능이라 부른다고.

왜, 옛날에 피아노 배웠잖아요. 아무렇지도 않게 레슨 받으러 가는 아이와 툭하면 꾀병을 부리며 내내 빠지다가 그만두는 아이가 있잖아요. 전자는 재능이 있는 것이며 그로부터 더욱 전문 분야로 나아가면 더 난이도 높은 지속력을 요구받는데, 이것을 어려움 없이 해내는 사람은 울고불고 꾀병을 부리며 레슨을 거부하는 아이의 기분을 손톱만큼도 모를 거라고 생각한다.

이 언니에게도 왜 내가 산책용 자외선 차단제 한 통으로 해변에서 뒹굴었는지는 영원히 수수께끼일 것이다.

도자기처럼 아름다운 언니는 볕에 탄 뒤의 대처에 필요한 팩이니 크림이니 그 외 정체를 전혀 알 수 없는 물건을 차례차례 꺼내며 이것 뒤에는 이것, 이것 뒤에는 이것을 문질러 바르고 그다음 이것을 바른 후 스팀 타월로 얼굴을 데우고, 그 뒤에도 이것을 한 번 문질러 바른다, 그러면 탄 피부는 웬만큼 진정된다, 하고 설명해줬다.

스팀 타월이 나온 시점에서 '스팀 타월…… 내가 할 수 있을까, 스팀 타월…… 평균대에서 물구나무를 서는 것만큼이나 난이도 높은 기술, 스팀 타월……' 하고 내심 격렬하게 갈등했지만 언니의 살랑살랑한 말투를 듣다보니 나도 할 수 있을 듯한 느낌이 들었다. 이건 『슬램덩크』를 읽고 농구를 할 수 있을 듯한 기분이 드는 것과 같은 심리죠.

그래서 파운데이션을 사러 갔지만 팩이니 크림이니 기타 정체를 전혀 알 수 없는 물건까지 전부 사버렸다.

돌아오는 길에 나는 생각했다.

내년은 화장 2년째다. 첫해보다 능숙해질 것이 틀림없다. 피아노를 아무리 못 쳐도 꾀병 부리지 않고 근근이 계속하면 언젠가 소나티네에 이른다. 좋았어, 나도 화장 파이팅이다. 내년의 포부는 '몸치장, 화장에 빈틈없는 눈부신 여자 되기'로 하자.

덧붙이자면 지나치게 많이 사서 내용물을 꺼내기가 귀찮아진 나머지, 팩과 기타 등등은 아직도 봉투에 든 채로 방 한구석에서 굴러다닌다. ……괜찮아, 내년부터 시작하면 되지.

당신의 내년 포부는 무엇인가요?

추신.

비행기도 해변도 호텔도 텅텅 비어 있더군요. 여행대리점 자식, 초조함 부추기기 상술을 지금 당장 그만둬달라!

꿈을 꾸자

夢をみよう。

이별 후의 외로움에
깜짝 놀란 적 있나요?

연말에 오랜만에 무코다 구니코의 『가족열』을 다시 읽었다.

무코다의 작품은 이십대 초반에 상당히 많이 읽었다. 에세이에는 꽤나 푹 빠졌지만 이십대였던 나는 무코다 소설의 매력을 잘 몰랐다. 뭐랄까, 잘 드는 부엌칼처럼 느껴졌던 것이다.

무엇이든 썩썩 썰어버린다. 그 썰린 상태가 젊은 날의 내게는 어딘가 불만스러웠던 것 같다.

그런데 작년에 갑자기 생각이 나서 무코다 구니코의 소설을 다시 읽어보고 좀 놀랐다. 인상이 완전히 달라졌기 때문이다. 확실히 무코다 구니코의 소설은 잘 드는 부엌칼 같기는 하다. 하지만 그 베인 자리가 어찌나 딱하던지. 상처에서 뚝뚝 흐르는 슬픔, 우스꽝스러움, 필사적임, 처량함. 그런 것을 이십대의 나는 감지할 수 없었다. 정말이지 무코다 구니코의 소설은 어른 대상이다.

한편 이번에 읽은 『가족열』에서 등장인물들이 나누는 대화 가운데 "맞아, 맞아, 정말로 그래!" 하고 어지러울 정도로 머리를 위아래로 흔들며 동감한 대목이 있다.

가족을 버린 츠네코와 지긋지긋한 인연인 몹쓸 남자랑 헤어지려 하는 도키코가 문득 이런 대화를 나눈다.

"여태까지 여섯 도막 샀던 생선이 갑자기 한 도막이 되는 거야. 무심코 그 방어 여섯 도막 주세요, 했다가 아 싫다, 나도 참 무슨 말을 하는 거야, 하고 웃으면서 갑자기 눈물이……"

"나는 내내 한 도막이었어. 두 도막이었던 건 고작 반년이야."

"다시 한 도막으로 돌아가는 거야."

실은 나도 완전히 똑같은 생각을 한 적이 있다. 나는 요리를 좋아해서 남자와 오래 사귀게 되면 그를 집에 초대해서 밥을 먹는다. 그 일이 반복되면 '집에서 밥'이 일상이 되어 그도 점점 맛있다거나 고맙다는 말은 하지 않게 된다.

스스로 좋아서 '집에서 밥'을 시작했으면서, 그리 되면 나는 온갖 것이 괘씸해진다. 저 인간은 우리 집에 와서 고마워하지도 않고 밥만 먹잖아. 그릇은 씻어주지만 그런 건 만드는 수고에 비하면 식은 죽 먹기지. 뭔가 불공평해. 뭔가 밸런스가 이상해.

한 가지 일에 화가 나면 남자의 다른 모든 면에 대해서도 짜증이 난다. 이를테면 그가 정해진 시간보다 늦게 온다거나, 약속을 까먹는다거나, 무언가 실수를 저지를 때마다 '그런 거 전부 다 우리 집에서 뻔뻔스럽게 밥을 먹는 것으로 상징되고 있어!' 하며, 지금 생각해보면 바보스러울 정도의 과장이지만 그때는 일일이 심각하게 열을 올리며 '역시 헤어지자' 하고 무겁게 결의를 반복했다.

결국 우리는 헤어졌다. 물론 요리만이 원인은 아니었지만 수많은 원인 중 하나이기는 했다. 마지막쯤 되니 나는 헤어지고 싶어서 안달이 났고, 그래서 이별했을 때는 만세를 불렀을 정도로 기뻤다.

이제 누군가를 위해 밥을 안 만들어도 되고, 혼자서 좋아하는 것을 나 편할 때 먹을 수 있어! 다음에 남자를 사귈 때는 밖에서 먹자고 하는 사람을 고르자! 나는 이제 평생 나를 위해서만 요리할 거야! 대대적으로 방 배치를 바꾸며 이렇게 설렜던 것이다.

오늘은 뭘 먹을까, 폴짝폴짝 뛸 듯한 기세로 슈퍼마켓에 가서 생선 매장을 떠돌다 삼치인지 뭔지를 집어들었을 때 나는 갑자기 오싹할 정도의 외로움을 느꼈다.

포장된 삼치는 두 도막. 아마 한 도막은 냉동하고 한 도막을 요리하겠지. 그 옆에는 자반연어. 이건 세 도막이 한 팩이다. 이것 역시 두 도막을 냉동해야 한다.

나 혼자만을 위해 일인분 식재료를 산다는 것은 얼마나 외로운 작업인지. ……아니, 그보다 누군가를 위해 요리하는 것이 얼마나 행복한 일이었는지. 그때 나는 절실히 느꼈다.

그때의 침울한 기분은 헤어진 사람에 대한 미련도 아니고 헤어짐에 대한 후회도 아니었다. 그건 '처음부터 혼자였어'라는 맹렬한 자각이 아니었을까 나는 생각한다. 처음부터 혼자였다, 일인분 삼치를 샀었다, 한데 누군가와 함께 지냄으로써 '혼자다'라는 사실을 깡그리 잊고 있었다, 하고 깨닫는다.

이 자각은 너무도 외롭고 불안해서 미련이나 후회로 착각하기 쉽다. 실제로 『가족열』의 츠네코와 도키코는 그 외로움을 미련이라 믿고 버린 가족을 되찾으려 하거나 몹쓸 남자와 관계를 회복하려 한다.

나 역시 그때의 기분이 너무도 외로워서 다시 사귀는 편이 좋지 않을까 몇 번이나 생각했다. 그 남자의 싫었던 부분, 맞지 않았던 부분을 전부 잊은 듯한 착각조차 들었다. 하지만 그건 좀 아니야, 하는 아주 작은 위화감에 충실했던 덕분에 츠네코와 도키코처럼은 되지 않았다.

　지금은 일인분 삼치를 산다는 것은 언제나 원점이라고 생각한다. 식사를 만들어줘야 할 배우자나 가족이 있다 해도 언젠가 우리는 또다시 일인분 삼치를 사야만 한다. 바로 그래서 츠네코와 도키코의 대사가, 아니 『가족열』이라는 작품이 마음에 묵직하게 남는 것이다.

　일인분 삼치도 이인분 연어도 생각할 필요 없이 어머니가 만든 음식을 불평을 늘어놓으며 먹었던 이십대 초반에는 무코다 구니코의 소설이 제대로 읽혔을 리 없다.

롤모델 여성은
누구인가요?

롤모델 여성이 있나요?

나는 있다. 예전부터 내내, 오랫동안 동경해왔다. 그렇게 되고 싶다고 바라지만 동시에 나한테는 무리라는 것도 안다. 만약 다시 한 번 인생을 시작할 수 있다면 나는 그녀를 목표로 삼아 모든 선택을 다르게 할 것이다.

이제부터 그녀처럼 되는 것이 어렵다 해도 그 편린을 내 것으로 만들 수는 있을지 모른다. 그런 생각으로 나는 그녀를 볼 기회를 결코 놓치지 않는다. 그녀의 행동거지나 사람을 대하는 모습, 만사를 처리하는 방식, 과장되게 말하자면 일거수일투족을 빠짐없이 관찰하고 있다.

내 오랜 동경의 대상, 이상적인 여자, 그것은 이소노 후네다.

그렇다, 사자에의 어머니, 나미헤이의 아내, 이소노 후네.

일요일 저녁 6시 반, 나는 무슨 일이 있어도 텔레비전 앞을 지킨다. 그리고 만화영화 〈사자에 씨〉로 채널을 맞춘다. 후네의 동향을 꼼짝 않고 바라본다.

언제였던가, 너무나도 열심히 〈사자에 씨〉를 보는 나에게 당시의 애인은 흠칫했다. "너 좀 무서워. 이게 그렇게 심각하게 볼 프로그램이야?" 나는 남이 무서워할 만큼 심각한 표정으로 텔레비전에 매달려 있었던 것이다.

후네는 상냥하고 총명하며 무슨 일이든 긍정적으로 받아들인다. 그리고 내가 가장 멋지다고 생각하는 부분은 무관심의 방식이다.

후네는 대부분의 일에 무관심하다. 사위 마스오와 딸 사자에의 사랑싸움에도, 늦둥이 가츠오의 어처구니없는 장난에도, 사소한 가정 내 다툼에도 관심을 가지는 척은 하지만 실제로는 별로 걱정하지 않는다. 이따금 남편 나미헤이와 아옹다옹하는데 그것도 하루 이틀로 흥미를 잃어버린다.

혐오보다 무관심이 더 잔혹하다는 말을 들은 적이 있지만 나는 그렇게 생각하지 않는다. 물론 여기서 말하는 무관심은 무지나 무관계와 다르다. 당사자이면서 과도한 관심을 가지지 않는다. 그것은 보다 사랑에 가깝다고 나는 생각한다. 신뢰라고 바꿔 말해도 좋다.

무관심이 개성인 후네는 실로 기계적으로 집안일을 소화한다. 바쁜 아침 식사, 딸과 손자랑 먹는 간단한 점심 식사, 아이들의 간식, 나미헤이의 반주飯酒로 시작되는 저녁 식사에는 술을 마시는 남자들 앞에 안주가 꼬박꼬박 차려져 있다. 무관심한 채 가족의 식사를 완벽하게 준비하는 후네는 정말로 멋있다.

한데 몇 년이나 푹 빠져서 보고 있는 〈사자에 씨〉지만 가끔 나는 참을 수 없는 기분에 사로잡힐 때가 있다. 〈사자에 씨〉에서는 시간이 멈춰 있는 것이 암묵적으로 동의되어 있다. 어떤 변화도 허용되지 않는 것이다. 그래서 이소노가家에 개가 오기로 해도 결과적으로 그 이야기는 사라지고, 이소노가에 하숙생이 오기로 결정되어도 반드시 없던 일이 된다. 이사사카의 장남은 내내 재수생이고 식료품점의 사부는 내내 신부를 찾고 있으며 아기 이쿠라는 내내 두 마디 정도밖에 못한다.

물론 다 알고 보는 거지만 때때로 나는 그 불변을 견디기 힘들다. "하숙생이 온다!" 하고 가츠오와 함께 들떠도 바로 다음 순간 '어차피 잘 안 되겠지' 생각하며 가츠오보다 더 낙담하고 만다.

아무것도 변하지 않고 누구도 성장하지 않으며 사건은 해결되고 다시 원래대로 일상이 시작된다. 〈사자에 씨〉의 매력이기도 한 그 단조로움에 나는 어쩔 도리 없는 폐쇄감을 느끼고 걸 핏하면 초조함조차 맛본다.

그럴 때 후네의 불변, 불변에 대한 무관심을 보면 나는 그제 야 안심한다. 이 이야기 속에서 변화의 조짐을 보이지 않는 것 은 늘 집에만 있는 후네다. 후네에게는 사건이 거의 일어나지 않는다. 하지만 후네에게는 그런 것이 아무렇지 않다. 불변에 도 동요하지 않고 권태조차 받아들이는 후네의 이 넓은 그릇. 나는 진심으로 이런 여성이 되고 싶다.

『결혼의 조건』이라는 책을 최근 읽었다. 심리학자 오구라 치 카코 씨가 쓴 책으로 아사히신문사에서 나왔다. 어마어마하 게 재미있다. 이 책을 읽고 나는 한 살 아이 때부터, 아니 어쩌 면 태아 때부터 지금과 180도 다른 것을 보고 다른 것을 선택 하지 않으면 후네는 될 수 없으리라고 깊이 깨달았다. 아니, 어 쩌면 현대 여성 대부분에게도 후네가 되는 것보다 영화배우가 되는 편이 더 쉽지 않을까.

만사에 동요하지 않는 이런 근사한 여성을 텔레비전을 통해 매주 만날 수 있다는 사실을 나는 진심으로 행복하게 여긴다. 이번 생에 후네가 되는 것은 포기할 테니 내가 살아 있는 동안 에는 매주 일요일 후네를 만나고 싶다.

희노애락 중
무엇이 기본인가요?

사람은 희노애락이라는 네 가지 감정 가운데 어느 하나를 기조로 하여 살아간다고 나는 생각한다.

나는 무엇일까? 생각할 필요도 없이 답은 나와 있다. 분노다. 한심하고 부끄러운 일이지만 나는 분노를 기조 삼아 살아가고 있다.

나는 원래 얼굴이 울상이라서 가까운 사람들은 분명 내 감정 기조가 슬픔 언저리에 있다고 생각할 것이다.

하지만 나는 정말이지 화를 잘 낸다. 스스로도 슬퍼질 정도다.

이를테면 편집자가 맛있는 밥을 사준다고 한다. 기쁘다(희). 맛있는 밥집의 위치를 메일로 보내준다. 좀 곤란하다(애). 메일에 첨부된 지도를 능숙하게 출력하지 못하기 때문이다. 그래서 끄적끄적 손으로 지도를 옮겨 그려서 지정된 밥집으로 향한다. 기대되는데, 하고 생각한다(락).

여기서 90퍼센트쯤 나는 길을 헤맨다. 역 건물에 있는 가게조차 못 찾을 정도니 주택가 안이나 뒷골목에서 조금 더 들어간 장소라면 영 모르게 된다. 그리고 대체로 맛있는 밥집은 그런 복잡한 곳에 있다.

걸어도 걸어도 목적지인 가게가 눈에 띄지 않는다. 눈물이 날 것 같고(애), 곧바로 나는 분노를 폭발시킨다. 아 진짜, 왜 이런 찾기 어려운 데를 지정하는 거야!! 찾기 힘들면 찾기 힘든 대로 역에서 만나서 가면 될 것을! 이제 아무것도 먹기 싫어! 덮밥 체인점의 소고기덮밥이면 돼!

이때의 분노는 내가 생각해도 좀 무시무시하다. 나쁜 것은 나 자신이다. 잘 알고 있다. 애초에 옮겨 그린 지도가 엉망진창이니까. 게다가 약속한 가게를 찾아가는 일은 나 말고 다른 사람에게는 누워서 떡 먹기일 것이다. 하나부터 열까지 내가 나쁜데도, 이제 이 사람이 밥 먹으러 가자고 해도 저어어얼대로 안 갈 테야, 하고 부들부들 떨면서 밤거리를 헤맨다. 무섭지요.

이런 어이없는 분노는 당연히 가게를 찾으면 깨끗하게 사라진다. 밥이 맛있으면 마음은 기쁨으로 가득 찬다.

하지만 가령 돌아가는 길에 택시가 잡히지 않거나 내가 탄 전철 막차가 붐비면 또 곧바로 화를 낸다. 누구를 향해서가 아니라 붐비는 전철, 빈 차 램프가 꺼져 있는 택시, 모든 것에 화를 낸다. 무섭지요.

인생의 기조가 분노면 상당히 힘겹다. 세이유 슈퍼마켓에 뭘 사러 가도 화가 나고 상점가를 걸어도 화가 난다. 이는 그야말로 평상심과 마찬가지로 일상적이어서 화가 난다고 크게 울부짖거나 쇠파이프를 휘두르지도 않고, 오히려 남이 몸을 부딪쳐 와도 소심한 탓에 내가 사과하기도 하지만 어쨌거나 분노라는 것은 격렬하게 에너지를 소모시킨다.

울상이라서 분노가 남에게 잘 전달되지 않는 점 역시 답답하다.

이건 반드시 화를 내어야 마땅한 일이고, 사과를 받지 않으면 마음이 풀리지 않으며, 전능한 신이 재판한다 해도 내가 옳다 싶은 일이 5년에 한 번 꼴로 있다. 나는 분노를 전달하기 위해 상대에게 사태를 설명하는데, 너무도 화가 난 나머지 혀가 꼬이고 목소리가 떨려서 하는 말은 지리멸렬해지고 까딱하면 눈물까지 흘린다. 분노는 전해지지 않는다. 위로받는 경우는 있어도 사과받는 경우는 없다.

얼마 전 대학 때 수업을 받았던 선생님과 기회가 생겨서 대담을 했는데, 이분이 엄청나게 흥미로운 말씀을 하셨다. 분노에 대해서다.

화내는 것이 당연한 큰 분노를 느낄 때는 별로 화를 내지 않는 편이 좋다, 작은 분노는 얼마든지 화를 내보여도 괜찮다, 그 편이 이득이다, 라는 것이다.

확실히, 확실히 선생님 말씀대로라고 나는 생각했다. 이것은 중요한 싸움의 교훈이다.

분노가 폭발할 때 큰 소리로 그것을 표현하면 내가 아무리 옳다 해도 진다. 나처럼 울상에 떨리는 목소리로 실제로 울면서 화를 내는 사람이 아니라 해도 진다. 나는 몇 번인가 그런 장면을 본 적이 있다.

왜냐하면 분노는 표현하면 위협이 되기 때문이다. 상대는 위협에 깜짝 놀라 일단 사과하지만 '내가 정말 나빴어. 이 사람의 분노는 타당해'라고는 결코 생각하지 않는다. 상대의 무시무시한 얼굴에 기가 죽어 거기까지 생각이 미치지 않는 것이다. 그러나 큰 분노를 품고 있는 사람이 가장 상대에게 알리고 싶은 것은 바로 그 점이다.

분노가 폭발하는 것이 당연할 때 관용을 몸에 걸친 척 산뜻하게 피한다. 이런 고도의 기술을 지닌 사람을 나는 알고 있는데, 그들은 반드시 이긴다. 요컨대 상대는 '큰일 났다. 나쁜 짓을 해버렸다' 하고 납득하며, 게다가 계속 그 깨달음을 가지고 간다.

 그 후로 나는 다음에 5년에 한 번의 노발대발이 찾아와도 결코 소란을 피우지 않기로 마음먹었다. 작은 분노는 얼마든지 화를 내보여도 괜찮다고 했지만, 그러면 분노가 일상인 나는 여기저기다 호통을 치면서 살아가야 한다. 그것도 뭔가 꼴사납다.

 평소의 작은 분노는 감싸 안고, 5년에 한 번 있는 커다란 분노에도 화내지 않는다. 분노가 기본인 나는 남이 보기에는 결코 화내지 않는 사람이 되겠지. 그것은 그것대로 아주 행복한 일이다.

사람 얼굴,
잘 기억하나요?

　나는 딱히 적극적으로 텔레비전을 보지는 않지만, 요즘 문득 정신을 차려보면 종종 보고 있는 프로그램이 있다.

　실종자를 찾는 프로그램인데, 방송에서 받은 목격 정보나 각 나라에서 불러들인 영능력자들이 영능력으로 본 것을 통해 사라진 사람을 찾는 구성이다.

　채널을 맞춰둔 것도 아닌데 어째서인지 텔레비전을 틀면 이 프로그램이 나와서 무심코 마지막까지 보게 된다.

　그래서 생각한 점은 사람들이 실로 남의 얼굴을 잘 기억한다는 것이다. 예를 들어 몇 월 며칠 회사 퇴근길에 갑자기 사라진 A씨의 사진이 몇 장 나온다. 그러면 다음 주에 A씨를 봤다는 정보가 쇄도한다. 파칭코에서 봤다, 음반 가게에서 봤다, 술집에서 옆자리에 앉았다…… 한 시간 중 고작 몇 분 정도 텔레비전 화면을 통해 사진을 본 것뿐인데.

'이런 거 전부 엉터리 정보 아니야?' 나는 생각한다. 하지만 '아니지, 잠깐만. 얼마 전에 유괴된 아이가 차로 달린 거리랑 범인의 얼굴을 똑똑히 기억했던 사건이 있었잖아' 하고 깨닫는다. 사람은 의외로 남의 얼굴을 기억할 수 있는 모양이다.

나에게는 그런 재주가 없다. 텔레비전에서 A씨의 얼굴이 아무리 오래 나와도 광고로 넘어가면 금세 잊어버린다. 남의 얼굴과 이름을 못 외운다는 사람이 가끔 있지만 나는 그렇지도 않다. 한 번 만나면 제대로 기억한다. 하지만 헤어진 직후 그 사람의 초상화를 그리라고 하면 틀림없이 못 그릴 것이다.

이런 이야기를 친구에게 했더니 그는 "맞아, 너는 사람의 얼굴을 얼굴로 안 봐"라고 딱 잘라 말했다. 그가 말하기를 "그 사람 연예인 누구누구 닮지 않았느냐고 네가 말했을 때 실제로 닮았던 적이 없으니까. 그건 다시 말해 얼굴의 형태나 부위를 살펴보지 않는다는 뜻이야"라는 것이다.

그러고 보니 정말이다. 그 사람 누구누구 닮지 않았느냐는 발언은 이제껏 한 번도 동의를 얻은 적이 없다. 나는 분명 얼굴 생김새보다 그 사람이 자아내는 분위기를 보는 것이리라.

이렇게 생각하면 남을 마주할 때 어느 부분을 보는지는 사람마다 실로 가지각색이지 않을까.

　모 출판사에 상당히 잘생긴 남자가 있다고 예전부터 들었다. "어떤 식으로 잘생겼는데?" 여성 편집자에게 물어봤더니 "얼굴 생김새가 정말로 아름다워"라고 한다. "조각 같아"라고 한다. "이목구비가 가지런해"라고 한다. "동서양으로 구분하자면 동양적으로 아름다워"라고 한다. 나는 그 아름다운 사람을 만날 날을 은근히 기다렸다. 그리고 바로 얼마 전에 그분을 뵐 기회를 얻었다.

　응응, 확실히 아름다웠다. 이목구비도 가지런했다. 하지만 뭐랄까, 모든 것이 전부 희미한 안개 건너편에 있는 듯한 종잡을 수 없는 얼굴이었다. 응응, 아름다워, 생각하며 마주보고 있다가 그럼 안녕히, 하고 등을 돌린 순간 내 머릿속에 남은 것은 그 희미한 안개뿐이었다.

　그 희미한 안개의 정체가 무엇인지는 모른다. 그 사람의 개성이라고 딱 잘라 말할 수 있을 정도로 인간을 꿰뚫어보는 능력이 나에게 있는 것도 아니다. 어쩌면 아름다운 것에는 겁을 집어먹는 나의 버릇이 안개로 변한 것인지도 모른다. 나는 지금도 그 사람의 얼굴을 떠올리지 못한다. 희미한 안개 너머로 어렴풋이 동양풍의 아름다운 얼굴이 떠오를 뿐이다. 게다가 그 얼굴은 반쯤 상상이다. 아름답다고 내가 생각하는 형상이다.

그의 얼굴이 어떤 식으로 잘생겼는지를 설명해준 여성 편집
자와 나는 분명 다른 것을 보고 있을 터이다.

온 거리에 포스터가 처덕처덕 붙어 있고 온종일 텔레비전에
얼굴이 나오는 연쇄살인범과 우연히 합석해서 메밀국수를 함
께 후루룩거린다 해도 나는 눈치채지 못할 자신이 있다.

나는 눈이 나쁜데, 심지어 눈이 나쁘다는 점을 인정하기 싫
어서 안경을 안 쓰고 돌아다니기 때문에 실은 가까이 다가가
지 않으면 사람의 얼굴이 잘 안 보인다. 그런데 역에서 누구를
만나기로 한 경우, 개찰구로 쏟아져 나오는 사람들의 얼굴이
구분이 안 되어서 '아이참, 곤란하네. 상대가 나를 발견해주면
좋을 텐데' 생각하며 우두커니 서 있지만 어째서인지 반드시
내가 먼저 상대를 찾아낸다. 지인이나 친구들은 그 사람 특유
의 공기를 발산하는 것처럼 보인다. 그 사람 특유의 공기란 내
가 보는 그 사람의 얼굴과 완전히 같은데, 그것은 엄청나게 멀
리서도 알아챌 수 있다. 예의 동양풍으로 잘생긴 얼굴이라면
몇십 미터 밖에서도 희미한 안개가 보인다. 사람의 얼굴이 각
양각색이듯 그 사람이 자아내는 분위기와 그 사람 특유의 공
기 역시 실로 각양각색이고, 얼굴보다 더 개성적이라고 생각
한다.

당신은 사람의 얼굴을 어떤 식으로 기억하나요? 생김새로

사람을 찾는 타입? 멀리서도 분위기로 알아차리는 타입? 후자
라면 분명 내가 하는 말에 무릎을 치며 납득할 테지요.

채소,
좋아하세요?

　무엇에도 흔들리지 않고 마음 가는 대로 살다 보면 나는 고기만 먹는다. 고기라면 뭐든 좋지만 순위를 매겨보라고 하면 돼지, 양, 소, 닭의 순서로 사슴이나 염소나 말도 싫지는 않은데 눈에 잘 안 띄기 때문에 순위에는 넣지 않았다.

　고깃집에 가면 '채소 구이 세트' 같은 메뉴가 반드시 있다. 나는 열여덟 살 때 고깃집에 처음 갔으니 꽤 늦었던 셈이지만, 나를 데려간 사람이 고기와 함께 채소 세트를 주문해서 그것이 규칙이라고 생각했다. 그 뒤로 먹고 싶지도 않은 채소 세트를 항상 주문했는데, 몇 년 전 어떤 남자와 고깃집에 갔더니 그가 놀랍게도 고기만 시키는 것이었다. 오로지 고기와 김치만. 샐러드도 채소 세트도 상추도 주문하지 않았다. 어찌나 시원시

원하던지, 나는 감동으로 온몸이 떨렸다.

그다음부터 나도 고기만 시킨다. 네 접시, 다섯 접시 연속으로 고기만 먹어도 태연하다. 느끼하다는 말은 내 안에 없다.

나의 편식 습관은 유소년기부터 오랫동안 이어져온 것이다. 우리 집의 식사 방침은 좋아하는 메뉴를 좋을 대로 먹고 배가 부르면 잘 먹었습니다, 하는 것이어서 양껏 편식하고 양껏 남겨도 되었다. 어머니부터가 돈가스에 딸려 나오는 양배추나 토마토를 보고 "이건 장식이야"라고 거리낌 없이 말했다. "그냥 색깔을 맞추려고 곁들인 거니까 안 먹어도 돼"라고 선언했다.

내가 먹을 수 있는 음식은 정말로 적어서 고기와 밥, 유제품과 어란, 그리고 뼈 없는 생선뿐이었다. 초등학교는 도시락을 들고 다녔다. 당연히 도시락에는 내가 좋아하는 반찬만 들어 있어서 가끔 표고버섯이나 토마토가 섞여 있으면 나는 그것을 도시락통 뚜껑에 치워두고 남겼다.

이런 식의 식생활로 성장했기 때문에 당연히 고등학교에 올라갈 무렵에는 심한 변비로 고생했다. 안 나와요, 하고 의사 선생님께 호소하러 갈 정도였다. 하지만 아무리 장이 막혀도 나는 채소 같은 건 먹지 않고 한약으로 어떻게든 버텼다.

대학에 올라가자 정말이지 많은 사람들이 나의 편식을 비난해서 깜짝 놀랐다. 동기나 친구들이 여봐란 듯 말하는 것이다.

진짜 맛있는 채소를 먹어본 적 없어서 싫어진 거야. 나온 음식을 남기다니 비상식적이야! 만든 사람에게 미안하다고 생각하지 않니? 볶음밥 속에서 버섯과 당근만 골라내는 건 꼴사납게 보이는데. 세상에는 굶고 있는 아이들이 얼마나 많은데…… 등등, 등등.

어느 말도 확 와닿지 않았다. 맛있는 채소라고 해봤자 고기보다는 맛없을 테고, 학생식당 급식을 만든 얼굴도 모르는 사람한테 미안하다는 생각도 암만 해도 안 들고, 내가 채소를 억지로 먹어봤자 세계의 기아를 구할 수 있는 것도 아니고.

식생활 변혁은 삼십대에 들어서 일어났다. 어떤 말을 아무리 들어도 눈곱만큼도 동요하지 않던 내가 좋아하는 남자의 "이걸 싫어하다니 아깝네, 인생에서 손해를 보는 거야"라는 한마디로 스스로의 편식 혁명을 결의했던 것이다. 사랑이란 참 무섭죠. 아니, 무서운 건 나인가.

이제까지 절대로 입에 대지 않았던 실로 많은 식재료, 즉 버섯류, 녹황색채소, 등 푸른 생선, 해초류, 마침내는 희귀한 종류까지 뭐든 입에 넣었다. 몇 가지는 깜짝 놀랄 정도로 맛있었고 몇 가지는 여러 차례 먹어도 얼굴을 찌푸리지 않을 수 없었다.

나의 편식을 고쳐준 사람과는 그 뒤 멀어졌지만, 삼십대 중반을 넘어서자 역시 편식은 부끄럽다고 어른답게 생각하고 건강도 신경 쓰인다. 고기만 연신 먹은 날은 '채소를 안 먹으면 몸이 나빠질 텐데' 하며, 예전에는 생각지도 못했던 것을 걱정하게 된다.

안 먹던 몇 가지는 좋아하게 된 나지만 채소는 역시 딱히 좋아지지 않는다. 그렇다고 마음 가는 대로 고기만 먹을 수도 없다. 그래서 일주일에 두 번 정도 '의무 수프'를 만든다.

올리브유에 마늘과 고추를 볶은 뒤 베이컨을 볶고, 채소를 던져 넣어 볶고, 육수를 부어서 수프로 만든다. 채소는 뭐든 좋다. 감자든 양배추든 주키니든 토마토든, 시금치든 셀러리든 무든 가지든, 뭐든 잔뜩 함께 넣어버린다. 이것이 나의 '의무 수프'다. 실패하는 일이 없고 어떤 채소든 흐물흐물 익어서 내가 거북해하는 쓴맛이나 아린 맛이나 풋내나 단맛 같은 것이 딱 적당히 옅어진다.

또 의무 수프는 채소를 싫어하는 나의 죄책감과 걱정을 단번에 없애주기 때문에 무엇보다 정신적으로 아주 좋다.

이리하여 나의 식탁은 '돼지고기 소테와 의무 수프' '돈가스와 의무 수프' '햄버그와 의무 수프' '닭튀김과 의무 수프' '고기를 넣은 오믈렛과 의무 수프'와 같은 식으로 구성된다.

덧붙이자면 일식풍 의무 수프도 있는데 이것은 겐친지루*다. 장이 꽉 막혔을 때는 일식풍 의무 수프가 식탁에 어울린다.

이렇게 고기를 좋아하는 나지만, 아주 가끔 채소를 좋아하자고 진심으로 생각할 때가 있다. 외식은 당연히 각종 고기 요리집에서 하는데, 식사 도중 문득 주위를 둘러보면 아름다운 언니나 귀여운 아가씨는 한 명도 없고 함께 지방을 비축하는 기름기 번드르르한 남자들만 북적거린다는 사실을 알아차릴 때다.

---

* 동물성 식재료를 사용하지 않고 각종 채소를 기름에 볶아 만드는 국.

예전에 멋있다고 생각한
어른이 되었나요?

바쁘다고 말하는 어른 따위는 절대로 되지 않겠다고 마음속으로 맹세했다. 이십대 무렵이다.

한때 아르바이트를 했던 회사에 "아, 바쁘다, 바빠"가 입버릇인 사원이 있었는데, 이 사람이 엄청나게 꼴사나웠다. 그곳은 매스컴 관련 회사여서 "나는 누구누구(연예인)랑 친구야"라는 둥 "누구누구(밴드맨)랑 어제 한잔 했지 뭐야~"라는 둥 "그 녀석(문화인)은 정말로 빛 좋은 개살구야"라는 둥 엄청 곱하기 백 정도로 꼴사나운 말을 태연하게 매일 하는 사람이었다. 꼴사나운 그 사람이 바쁘다고 말하니까 더더욱 꼴사나운지, 바쁘다고 말하기 때문에 그 사람의 모든 것이 꼴사납게 보이는지, 아마도 전자겠지만 그를 곁눈으로 볼 때마다 바쁜 건 멋

없어, 나는 절대로 바빠지지 않을 거야, 하고 마음속으로 결심했다.

그 맹세대로 아르바이트를 그만둔 나는 시간이 남아돌아 주체하지 못하는 나날을 보냈다. 한가하니까 논다. 일도 내내 적어서 1년에 소설 한 편을 쓰고 이듬해에 그것을 수정하는 정도, 나머지는 가끔 좋아하는 책의 서평을 쓰는 정도였다.

친구들도 모두 한가해서 "오늘 지금 당장 만나자"라는 급작스러운 제안을 거절하는 사람도 없었다. 마작에 끝없는 술자리에 카드 게임에 콘솔 게임에 시시한 수다를 밤낮없이 계속했다. 고등유민*이 아니라 하등유민 그 자체인 생활이었다.

그런데 어찌된 일인지 정신을 차리고 보니 나는 몹시 바쁜 몸이 되어 있었다.

요 2, 3년 사이에 내 주위에서 무언가가 크게 변한 것이다. 매일같이 마감이 있다. 매일같이 일 관련 사람과 약속이 있다. 나는 생쥐같이 빨빨 움직이기만 한다. 작년 한 해를 되돌아보면 일과 전혀 관계없는 친구와 자발적으로 만난 것은 딱 한 번

---

* 메이지 시대부터 쇼와 시대 초기까지 일본에서 널리 쓰였던 말로 대학 등의 고등교육기관을 졸업했음에도 경제적으로 부유하여 취직하지 않고 독서 등을 하며 지내는 사람을 일컬음.

뿐이었다.

많이 쓰는 것에 대한 망설임이나 옳고 그름은 또 다른 이야기이니 제쳐두겠다. 나는 바쁜 어른이 되고 말았다.

매일 키보드를 타닥타닥 두드리며 바로 몇 년 전의 나날을 생각한다. 여름 정오를 지날 무렵 "더워~" 하면서 그 이유만으로 컴퓨터 전원을 끄고 목욕 도구를 챙겨 근처의 건강랜드*로 자전거를 달려 사우나와 욕탕을 2시간 가까이 거듭 오가고, 흐물흐물해진 몸으로 자전거를 몰아 생선 가게에 가서 참치회와 고등어회 등을 사들이고, 집으로 돌아와 해가 질 무렵이면 아직 이른 시간인데도 손이 시리도록 차가운 맥주 캔을 푸슉 따서 꿀꺽꿀꺽 마시고, 밤에는 취해서 빼도 박도 못하게 되어 동네 친구에게 전화를 걸어 "쇼야에서 보자" 하며 술집에서 모였던 것이 고작 3년쯤 전이다.

그런데 지금은 건강랜드는커녕 헬스장에 가도 샤워도 못하고 나오는 형편이다(나는 목욕을 싫어하지만 싫어해서 안 하는 게 아니라 어디까지나 시간이 없어서 못한다는 점을 강조해둔다). 정말로, 확실히, 나는 '꼴사나운' 어른이 되고 말았다.

---

* 다양한 욕탕과 식당, 게임 코너, 노래방 등의 편의시설을 갖춘 일본의 대규모 공중탕.

이십대 시절의 나처럼 바쁜 것을 꼴사납게 여기는 친구 몇몇은 "그렇게 바빠서 즐거워?" 하고 묻는다. "나라면 분명 싫을 텐데" 하고 말한다. "그래도 뭐, 일이 있는 건 좋은 거잖아" 하고 위로한다.

어느 말도 확 와닿지 않는다. 바쁜 것은 나도 싫지만 바쁨의 핵심을 밝혀내지 못하니 어떻게도 되지 않고, 즐거운지 안 즐거운지 따위를 따져볼 여유도 없으며, 일이 없어도 예전에 충분히 생활할 수 있었으므로 '일이 있다니 만세!'라고도 생각하지 않는다. 나는 그저 몽롱하게 바쁘다. 좋다거나 안 좋다거나 이다음이나 장래 같은 걸 생각하지도 않고 그냥 몽롱한 바쁨의 안개에 머리를 처박고 있는 느낌이다.

단, 10년하고도 얼마 전의 내가 본다면 지금의 나는 틀림없이 꼴사나우리라는 것만은 안다. 몽롱하게 지내면서도 그래서 늘 조금은 슬프다.

이런 나날 속에서 내가 경애하는 작가를 만날 기회를 얻었다. 그 작가 분은 소설가와는 별개의 직업도 가지고 있고, 또 두 아이의 어머니이기도 하다. 소설은 언제 쓰시냐고 물었더니 한밤중에 쓴다고 말씀하신다.

내가 좋아하는 작가 대부분이 그렇지만 이분도 쓰는 글과 본인에 전혀 흔들림이 없다. 그의 소설이 지닌 성실함, 독특한 유머와 청결함, 무엇에도 위협당하지 않을 기품이 소소한 이야기 군데군데에서 절절히 전해진다. 긴장했던 나는 당황해서 두서없는 물음이나 대답만 반복했고, 마침내는 "저어, 아이가 있으면 즐거운가요?"라는 바보 같은 질문마저 했다.

이 질문에 대한 그분의 대답을 잊을 수 없다. "즐겁다면 즐겁지만 그것뿐인 건 아니에요. 하지만 인간이란 즐거운 일만 하는 건 아니잖아요"라고, 그분은 말했다.

특별할 것 없는 대답이었지만 바쁨·바쁘지 않음 문제를 품고 있던 내 가슴에는 아주 아주 아주 깊게 울렸다.

나는 이제 이십대가 아니라고 그때 새삼 생각했다. 예전의 나는 좋아하는 것만 하고 싶다고 오만하게 떠들어댔고, 실제로 싫은 것은 신중하게 피하고 멋지다고 생각하는 것만 주워 모아 자랑스레 놀면서 지냈다. 이십대의 인간에게 그것은 가능하기도 하고 특권이기도 하다.

하지만 삼십대가 되면 역시 그것만으로는 지낼 수 없다. 즐겁다, 즐겁지 않다, 혹은 멋있다, 꼴사납다를 초월한 곳에서 뭐가 뭔지 모르는 채 정체불명의 것에 휩쓸려 매일을 보내기도 한다. 꼴사나운 '몽롱' 상태인 나는 그분의 말에 더없이 구원받은 느낌이었다.

인간이란 즐거운 일만 하는 건 아니잖아요. 힘주지도 않고

심각한 척도 않고, 가볍게 말한 작가의 말은 그 뒤 며칠이나 지
난 지금도 꼴사나운 어른이 된 내 귀에 달라붙어 있다.

사고 싶은 것은
무엇인가요?

요전에 볼일이 있어서 이세탄 백화점 남성관에 갔다. '남성관'이란 정식 명칭은 아니지만 그 건물은 모든 층에서 남자 물건을 판다.

그래서 깜짝 놀라 눈이 튀어나올 뻔했다.

남자 옷이나 신발이나 가방은 선택지가 너무 적어서 엄청시시하다는 것이 나의 선입관이었다. 여성관에 있는 화려함, 물욕을 부채질하는 과도함 같은 것이 남성품 매장에는 없다고 늘 생각했다.

한데 이세탄 남성관. 들어가자마자 "어머, 세련됐다" 하며 깜짝 놀랐고, 2, 3층의 남성복 매장을 돌아다니면서는 "뭔가 알 수 없는 세계네" 하고 의아해했으며, 지하에 있는 구두·가방 매장에 가서는 "으악!" 하며 할 말을 잃었다.

가본 적 있나요? 이세탄 남성관.

일단 의류 매장. 여성복 매장과 무언가가 압도적으로 다르다. 어슴푸레한 조명, 몇 안 되는 디스플레이, 가지런히 늘어선 옷. 구매욕을 부채질한다기보다 그것을 억누르면서도 절묘하게 부추기는 정취가 있다.

그 분위기는 지하의 구두·가방 매장에 가면 한층 두드러진다. 매장 자체가 무슨 쇼 무대처럼 가지런하고 아름답다. 독특한 공기가 떠돈다. 이 공기는 분명 여성화 매장에는 없는 것이다. 그 공기에 휩싸여 어느새 구두가 구두로 보이지 않는다. 심지어 예술품으로 보이기 시작한다.

무심코 근처에 있던 구두를 뒤집어 가격을 본 나는 더더욱 얼이 빠졌다. 특별할 것 없는 구두가 이상하게 비싸다. '어, 그럴 리가, 설마' 생각한 나는 차례차례 구두를 뒤집어 가격을 확인했다.

남성화 가격, 가장 싼 것도 1만 5천 엔. 비싼 것은 10만 엔 이상. 터무니없이 비싼 것은 제쳐두고 얼추 평균을 내면 3만 엔 정도일까. 페라가모 여성화도 가격 면에서는 귀엽다는 생각이 든다.

이런 고급 구두 매장을 돌아다니는 사람은 부자 남성밖에 없으리라 생각했건만, 매장 안에는 절대 부자처럼은 안 보이는 젊은이, 아저씨, 할아버지가 득실거린다. 비싼 구두밖에 안 파는데도 그런 남자들로 이 매장은 북적북적했으며 다들 여기저기서 한번 신어보고 있다. 그렇게 신겨줄 때 점원의 몸짓도 여성화 매장과는 완전히 다르다. 소파에 앉아서 구두를 신는 남자들 앞에 무릎 꿇은 점원은 숙련된 소믈리에처럼 우아한 동작으로 작은 금색 구두주걱을 날렵하게 구두에 스윽 끼워 넣는 것이다.

대체 이곳은 뭐람? 남들이 구두를 신어보는 모습을 엿보며 구두라는 구두는 죄다 뒤집어 가격을 조사하던 나는 혼란에 빠졌다. 혼란스러워하며 어떤 사실을 알아차렸다.

여기서 파는 건 구두이자 구두가 아니다. 층 전체에 퍼져 있는 기묘한 공기, 그것은 낭만이다!

값비싼 구두를 신으며 자기 발에 길들여 나간다는 낭만. 그런 건 여자는 결코 낭만이라 생각하지 않지만 남자에게는 분명 낭만일 터이다. 고급차를 자기 집 차고에 줄줄이 세워놓거나 차 한 대를 소중하게 취향에 맞춰 개조하는 것이 그 작자들의 낭만을 부추기는 것처럼. 구두를 보면 그 사람을 안다, 라고 어딘가에서 들은 적이 있는데 이 역시 여자에 대한 말이 아니라 남자 전용 격언일 것이다. 그런 격언을 좋아하는 것 역시 남자고.

그 점을 깨달으니 이세탄 남성관의 조금 독특한 분위기에 더없이 납득이 갔다. 이 건물은 낭만에 푹 휩싸여 있다.

이세탄 남성관을 두루 돌아다니다 낭만에 지친 나는 휘청휘청 여성관으로 이동했다. 그리고 그곳에 펼쳐진 물욕의 폭풍에 실은 안도했다.

남성관에 비해 여성관에서 파는 물건은 그다지 멀지 않은 미래가 아닌지. 눈부시고 화려하고 새롭고 거기서는 만사가 틀림없이 잘 풀릴 듯한 가공의 미래. 여자는 그 미래를 자기 손안에 넣기 위해 물욕에 불을 지핀다. 의류 매장도 그렇고 구두 매장도 그렇고 가방 매장도 그렇지만 가장 두드러지는 것은 속옷 매장이 아닐까.

이세탄의 속옷 매장은 굉장하다. 매장도 넓고 브랜드도 다양하다. '속옷 따위는 아무래도 좋잖아, 내보이면서 돌아다닐 것도 아닌데' 타입인 나조차 왠지 몽롱해져서 귀여움·예쁨·멋있음·낯섦 등등 각종 형용사를 얹어놓은 속옷류를 바라보던 중 말쑥하고 단정하게, 그러면서도 아름답게 생활하는 미래의 자화상에 뇌를 침식당했다.

게다가 가격이 또 얄밉다. 남성화가 비싼 가격으로 남자의 낭만을 부채질하는 데 비해 여성 속옷은 미묘한 저렴함으로 구매욕을 마구 부추긴다. 예를 들어 여름철이라면 이것 하나만 입고 나가도 돼요, 할 정도로 귀여운 캐미솔이 4천 엔 남짓. 이 미묘하게 저렴한 가격이 얄밉지 아니한가.

순식간에 물욕의 귀신으로 변한 나는 "싸다, 싸" 하며 이것도 저것도 집어들었고, 계산대에서 합계 금액을 보고서야 "당했다" 하며 제정신으로 돌아왔다. 이세탄의 계략에 감쪽같이 넘어갔다.

신기하게도 가공의 미래는 우리 집에 도착한 순간 그리 빛나지 않게 된다. 과연 낭만은 집으로 데려와도 여전히 낭만으로 머물러 있을까? 그렇다면 남자 구두는 의외로 싼 것일지도 모른다.

외모가 차지하는
비율은?

　벌거숭이로 지낼 수 있다면 얼마나 좋을까, 생각한 적 없나요?

　아니, 나한테 노출하는 취미가 있는 건 결코 아니다. 무엇을 입을지 고르는 게 너무도 싫을 때가 가끔 있을 뿐이다. 그럴 때 생각한다. 아담과 이브가 뱀의 꼬드김에 넘어가 사과만 먹지 않았더라면 내가 지금 뭘 입을지 고민하는 일도 없을 텐데.

　봄과 가을, 나는 옷 때문에 자주 혼란스럽다. 혼란의 결과 엉뚱한 차림을 할 때가 많다. 봄과 가을은 덥지도 춥지도 않거나 혹은 더웠다 추웠다 해서 무슨 옷을 입으면 좋을지 모르겠다. 게다가 여름이나 겨울보다 가진 옷이 압도적으로 적고, 기온 탓에 새 옷을 사려 해도 살 수 없는 상황일 때가 많다. 티셔츠를 사봤자 지금 못 입겠는데, 라거나 코트를 사봤자 앞으로 2주도 못 입을지 몰라, 라거나.

무슨 옷을 입어야 할지 심하게 망설인 끝에 겨울이 끝날 무렵에 산 셔츠와 3년 전에 산 치마에 언제 샀는지 기억이 흐릿한 신발을 매치해서 '이걸로 됐어' 하며 나간다. 이때는 혼란스러운 상황이니 스스로 고른 조합이 실로 세련되었다고 생각한다. 집에서 나와 역으로 간다. 전철을 탄다. 이때는 아직 '됐어'의 기운이 남아 있어서 흥겹다.

그런데 전철이 번화가에 가까워질수록 '됐어'는 점점 사그라든다. 신주쿠에 도착해서 개찰구에서 나올 때는 벌써 '나 어떻게 된 걸까?' 하며 불안해지고, 지하도에서 올라가 지상으로 나오자마자 '망했다!' 하고 깨달으며, 지나가는 길에 있는 백화점 쇼윈도에 비친 자신을 발견하고는 '이건 아무래도 괴짜의 경지다' 하며 격렬하게 풀이 죽는다. 그러면 즉시 의욕이 사라져서 사람을 만나는 일도 쇼핑도 의기소침한 채로 간신히 소화한다. 이런 적 없나요? 나는 정말이지 자주 있는데.

연애에 대해 이야기할 때 외모인가 내면인가 따위의 토론을 자주 듣는다. 남자들의 천박한 대화를 빌리자면, 못생겼지만 성격이 좋은 사람과 성격이 나빠도 예쁜 사람 가운데 어느 쪽이 좋은가. 미인 중에도 의외로 성격 좋은 사람이 많을 수도 있다는 발전론은 제쳐두고, '얼굴인가 옷인가'라는 선택지는 웬만하면 나오지 않는다. 하지만 '얼굴인가 내면인가'보다 '얼굴인가 옷인가', 혹은 '내면인가 옷인가'가 사람을 고민하게 만드는 경우가 없는지.

얼굴이 엄청나게 잘생겼고 성격도 다정하지만 괴상한 옷을 입는 사람이 좋아지나요?

이 '괴상함'이란 어디까지나 자신의 취향이다. 나는 딱 달라붙는 가죽 상하의를 입고 흉기처럼 끝이 뾰족한 부츠를 신었으며 투박한 반지를 쩔렁쩔렁 끼고 럭키 스트라이크를 피우는 사람과는 아마도 사랑에 빠지지 않을 것이다. 그리고 귀여운지 안 귀여운지 알 수 없는 동물이 무지막지하게 크게 프린트된 헐렁헐렁한 추리닝 같은 것을 위아래로 입고 셋타*를 신은 사람과도 사랑에 빠지지 않으리라 생각한다.

예전에 대학생일 때 좋아했던 남자가 '으악' 하고 움찔 놀랄 만한 차림으로 학교에 온 적이 있었다. 체크무늬 셔츠에 회색 슬랙스였는데, 뭔가 양판점의 마네킹 옷을 그대로 벗겨 입은 것 같았다. "그 옷 뭐야?" 하고 물었더니(잘도 물어봤다) 그는 어머니가 사왔다고 대답했다. 호감도가 미묘하게 떨어졌던

---

* 일본의 전통 샌들인 조리의 밑바닥에 가죽을 대어 눈이 올 때 신는 신발.

것은 두말할 필요도 없다.

하나하나 어디서 샀는지를 물어보면 비싼 물건인데 전체적으로는 역시 이상한 사람도 서른 살이 넘으면 많다. 반대로 나이를 모르는 옷차림이라는 것도 퍽 딱하다.

옷 같은 건 사귄 다음에 어떻게든 되니까 신경 안 쓴다는 사람도 꽤 많지만, 내가 문제를 제기하는 것은 '사귄다'에 도달하기까지의 판단이다. '조금 손봐주면 어떻게든 되는' 사람과는 사귈 가능성이 있지만, 용무늬 자수 추리닝 차림으로 1년 내내 지내는 사람과 사귈 가능성이 과연 있을까. 물론 그 모습에 황홀해지는 사람은 빼고.

잡지나 텔레비전에서 남자가 좋아하는 여성 타입을 고르는 것을 보면 그들도 꽤나 옷차림을 중시하는 듯하다. 미대생풍 차림새, 반항아스러운 차림새, 프릴이 잔뜩 달린 소녀 만화 주인공 같은 차림새는 그것이 얼마나 세련되었든, 혹은 얼마나 얼굴 생김새가 예쁜 사람이든 제외하는 남자가 많다. 그들이 좋아하는 것은 딱히 개성 없는 흰 셔츠에 무릎까지 오는 타이트스커트를 입는 사람이다. '이것 봐, 너한테 잘해줄 사람은 분명 베레모를 쓴 그 애야.' '속았네, 속았어. 머리부터 발끝까지 시어리theory*인 여자는 요리 따위 할 리 없다니까!' 이런 쓸데없는 생각을 하기도 한다.

이러다보면 나는 역시 이 생각에 도달한다. 벌거숭이로 지낼 수 있다면 얼마나 좋을까. '얼굴인가 내면인가' 같은 것은 벌거숭이로 지낸 뒤에야 비로소 제기할 수 있는 의제다(나체는 익숙해져서 더이상 음란하지 않으며, '얼굴인가 〈몸〉인가'라는 토론으로 흐르지 않으리라는 전제하에).

얼굴인가 내면인가, 그것만으로 판단했다면 아마 내 연애 경향은 지금과 완전히 달랐을 것이다. 궁합이 좋다든가 나쁘다든가, 사람이 좋다든가 나쁘다든가, 아마 지금보다 더욱 명쾌해지리라 생각한다.

참, 내가 '괴상한 차림새로 나왔다는 것을 깨닫고 풀이 죽는' 이유는 남자 일반에게 '괴상한 차림새'라고 인식되어 연애의 폭을 좁히고 싶지 않아서가 물론 아니다. 남들이 '괴상하다'고 여기는 것보다 스스로 '나 괴상한데'라고 깨닫는 것에 훨씬 풀이 죽는 법이랍니다.

---

* 미국의 고급 패션 브랜드.

최종병기는
무엇인가요?

나는 마침내, 마침내, 마침내 최종병기를 찾아내고야 말았다. 이제 무서운 것은 없다네.

술을 마시는 것을 좋아해서 일단 시작하면 만취할 때까지 마셔야 직성이 풀리는 내게는 오랜 고민이 있었다.

숙취다. 이십대 시절에는 아무리 마셔도 아무렇지 않았는데 서른 살 넘어서부터 즉각적으로 찾아왔다. 그것이 숙취. 이건 정말로 무섭다.

머리는 무겁고 위장은 아프고 몸은 비틀거린다. 작업실로 가기는 하지만 발이 떠 있는 것 같아서 현실감이 없다. 그리고 내 숙취의 가장 큰 특징은 격렬한 졸음이다. 졸리고 또 졸려서 속이 메슥거릴 정도다.

술을 마시는 건 나쁜 짓이구나, 하고 숙취가 덮쳐올 때마다 생각한다. 그도 그럴 것이 이렇게 가혹한 처사는 달리 없으니까. 그야말로 벌이라고밖에 여길 수 없다. 이를테면 하루 일을 내팽개치고 디즈니랜드에 가서 이곳저곳을 누비며 정신없이 놀았다 치자. 그 때문에 다음 날 괴로워서 못 일어나는 일은 절대로 없다. 음주는 업무를 내팽개치고 디즈니랜드에 가는 것보다 벌을 받아야 마땅한 악행이라는 뜻이다.

만약 숙취라는 것이 이 세상에 없다면…… 악마 같은 졸음과 싸우며 나는 종종 생각한다. 분명 세계는 멸망할 테지. 여기도 저기도 주정뱅이투성이고, 알코올 중독자가 속출하며, 어이없는 사건이 잇따르고, 정말로 하찮은 일을 계기로 우리 인류는 멸망할 것이다. 숙취는 인류 멸망의 구세주라고 생각하자, 하는 데까지 생각이 미친다.

주위에 같은 고민을 품고 있는 사람이 많은데 그들은 대부분 회사원(편집자)이라서 고민의 깊이가 나보다 심각하다. 정말로 괴로울 때 나는 작업실에 벌렁 드러누울 수 있지만 그들은 어떻게든 회사에 가서 사람을 만나야 하니까.

오랜 시간에 걸쳐 그들로부터 다양한 조언을 얻어왔다. 하이치올C*를 먹으면 좋다든가, 쿠로마루**라는 알약을 먹으면 좋다든가, 강황을 꾸준히 먹으면 굉장한 약이 된다든가, 취해서 집에 왔을 때 자기 전에 오렌지주스를 벌컥벌컥 마시면 효과가 있다든가, 오줌요법***이 엄청나게 좋은 모양이라든가. 오줌요법 말고는 전~부 시도해봤다. 강황은 세 달 정도 먹어봤고 오렌지주스도 상비해뒀다. 하지만 죄다 허사였다. 그 방법들은 모두 개인차가 있는 듯하다.

약국에서 파는 건강음료도 시도해봤다. 이미 숙취 상태일 때 쭉 들이켜는, 작은 병에 든 그것들이다. 이 또한 도무지 효과가 없었다. 그저 맛이 없을 뿐. 그 이상한 맛 때문에 구역질까지 나서 고약하다.

내가 내 힘으로 발견한 것은 아미노산 음료다. 여러 종류가 있는데 아무거나 괜찮다. 만취해서 집에 오면 자기 전에 작은 페트병 하나를 전부 마신다. 다음 날 아침 의외로 편한데 이 '편하다'는 게 정말로 눈곱만큼이다. 아미노산 음료를 마시지 않는 것보다는 개미 눈물만큼 더 편할 뿐이다.

인터뷰를 할 때 "지금 흥미 있는 것은 무엇인가요?"라는 질문을 받는 경우가 가끔 있다. 이럴 때 질문한 사람이 바라는 대

---

* 기미와 주근깨 등을 치료하는 의약품.
** 정식 명칭은 '신쿠로마루(新黑丸)a'로 과음과 숙취 등에 효과가 있는 제품.
*** 오줌을 마셔서 질병을 치료하는 요법.

답은 '소설의 새로운 가능성'이나 '소년 범죄의 앞날'이나 '도쿄의 예술운동'이나 '현재 몰두하고 있는 소설의 시도' 같은 것이라고 생각하지만 나는 아무래도 "숙취가 없어지기란 불가능한가" 하고 대답하고 만다. 너무도 흔해빠진 인간이라서 부끄럽지만, 소설의 새로운 가능성이나 예술운동보다 숙취의 전말이 아무래도 흥미로운 것이다.

그나저나 말은 하고 볼 일이다. 여기저기다 그런 대답을 했더니 어떤 사람이 유력한 정보를 줬다. '아미노바이탈 건배 쌩쌩'이라는 기나긴 이름의 상품이 있는데, 이것이 또 숙취에 대단히 잘 듣는다는 정보였다.

찾고 또 찾았다. 드러그스토어가 눈에 띌 때마다 뛰어 들어가서 "아미노바이탈 건배 쌩쌩……" 하고 섬뜩하게 중얼거리며 계속 찾던 중 겨우 얼마 전에 발견했다.

아미노바이탈 건배 쌩쌩은 분말 타입이다. 술을 마시기 전이 아니라 마신 뒤에 먹고 자면 좋다고 한다. 즉시 시험해봤다. 시험해보고 깜짝 놀랐다.

저기요, 숙취가 말이죠, 완전히 말끔하게 없답니다. 깡충깡충 뛰어오르고 싶을 정도로 없답니다. 신이시여, 감사합니닷! 하고 외칠 정도로 없답니다.

드디어 나는 최종병기를 손에 넣었다. 아미노바이탈 건배 쌩쌩이 있으면 이제 두려운 것은 없다. 양껏 마셔주리라. 어떠냐, 졌지? 하고 세계를 향해 외치고 싶다.

숙취가 인류 멸망의 구세주라면, 어쩌면 숙취와 인연이 없어진 나는 멸망을 기다릴 뿐인지도 모른다. 아니지, 아미노바이탈 건배 쌩쌩이 숙취의 구세주니까, 그건 즉 인류 멸망의 구세주이기도 하고…… 복잡해졌지만 앞으로 얼마간 "흥미 있는 것은?"이라는 질문에 대한 내 대답은 "최종병기의 발견과 그 기쁨"이 될 터이다.

당신에게는 최종병기가 있나요? 미용 관계든 음식 관계든 옷차림 관계든, 그것은 분명 아미노바이탈 건배 쌩쌩보다는 훨씬 근사한 병기겠지요.

추신) 물론 엄청나게 많은 양을 마시면 아미노바이탈 건배 쌩쌩으로도 숙취는 나름대로 생긴다는 사실이 훗날 판명되었습니다.

하찮은 일로
걱정하지 않나요?

　이런 이야기를 써도 될지 꽃다운 나이의 여성으로서 몹시 망설여지지만 눈 딱 감고 쓴다.

　누군가와 마주하고 대화를 한창 나누다가, 혹시 지금 내 코털이 나와 있는 건 아닐까 하는 생각에 맹렬히 사로잡힐 때가 없나요?

　코털 나왔어, 하고 서로 말해줄 수 있는 사이좋은 친구라면 또 모를까, 첫 만남, 업무 상대, 호감을 느끼는 이성, 아름다운 여성 등등과 마주보고 심각한 이야기를 한창 나누던 중 '아, 나 지금 혹시 코털이 나와 있지 않을까?' 하는 생각이 들고, 그런 생각이 들면 견딜 수 없이 신경이 쓰여서 중요한 이야기도 귀에 들어오지 않게 된다.

내게는 이런 경우가 지겨울 정도로 자주 있다.

지금으로부터 거의 10년 전, 나는 엄청나게 한가해서 절친한 E와 그녀의 친구, 당시의 연인과 낮부터 모여서는 각종 게임을 고안하여 날이 저물 때까지 정신없이 놀았다.

그 가운데 '당신이라면 어떻게 하겠습니까 게임'이라는 것이 있었다. 가위 바위 보로 두목을 정하고 두목이 특수한 상황을 설정한다. 이를테면 '당신의 직업은 통역사입니다. 어느 나라와의 중요한 정치 회담에서 통역을 맡았는데 아무래도 어느 대목을 잘못 옮긴 듯 두 나라는 전쟁도 불사하는 일촉즉발의 험악한 분위기가 되고 말았습니다. 자, 당신이라면 어떻게 하겠습니까?'라는 식의 설정이다.

이 질문에 대해 출제한 두목까지 다 함께 자신이라면 어떻게 할지를 끙끙거리며 생각한다. 어디까지나 '자신이라면'이라는 설정이니 현실성 없는 근사한 해결책은 바람직하지 않다. 그리고 각자 발표하여 5점 만점으로 점수를 매긴다.

한창 이 게임을 하던 중 누군가가 '별로 친하지 않은 사람과 마주하고 대화를 나누는데 상대의 코털이 나와 있다. 신경이 쓰여서 견딜 수 없을 정도로 나와 있다. 당신이라면 어떻게 하겠는가?'라는 설정을 제안했다.

이때 한 사람을 제외한 거의 모두(나 포함)가 "자신의 코를 슬쩍슬쩍 만지며 상대의 주의를 환기시킨다"라고 대답했다. 왜, 누군가와 일대일로 이야기를 나눌 때 한 사람이 머리카락을 만지면 상대도 따라서 머리카락을 만지는 행동 패턴이 종종 있잖아요. 그 응용편이다. 나머지 한 사람의 대답은 아마도 "무시한다. 아무것도 가르쳐주지 않고 나도 신경 쓰지 않도록 한다".

이때는 웃거나 감탄하며 단순하게 게임을 즐겼는데, 설마 그 코털 문답이 그 뒤로 10년에 걸쳐 나를 내내 괴롭히리라고는 생각도 못했다.

누군가와 일대일로 대화를 나눌 때 사람은 실로 자주 코를 만진다. 마주하고 있는 사람이 코를 만지면 나는 곧바로 '아, 나 코털이 나와 있는 거 아닐까. 그것을 이 사람은 자연스럽게 가르쳐주고 있는지도 몰라' 하고 생각하게 되고 말았다. 상대가 자신의 코를 문지르거나 손가락으로 만지면 초조해진 나도 코를 굼실굼실 만지고, 그러면 상대도 점점 격렬하게 코를 터치하고, 더더욱 불안해진 나는 손등으로 코를 북북 비비는 진묘한 사태에 이를 수도 있다.

이런 이야기를 요전에 친한 친구에게 했더니 나의 사고 패턴을 '투영 심리'라고 부른단다. 자신의 행동 원리를 상대에게 그대로 적용시키는 것을 그렇게 부르는 모양이다. 확실히 나는 꽤 오래 전부터 그런 사고 회로를 지녀왔다는 사실을 그 말을 듣고 비로소 깨달았다.

이를테면 나는 집에 있을 때 베란다에서 담배를 피우는데, 가끔 건너편 맨션 창가에 누군가가 서서 이쪽을 바라보는 경우가 있다. 나는 '상대가 담배를 피우는 나를 보고 있다'고 생각하기 십상이지만 실은 내가 '창가에 있는 남자를 보고 있는' 것이다. 내가 보고 있는 것을 상대가 보고 있는 것으로 슬쩍 바꾸어버린다.

코털 이야기도 마찬가지여서 '상대의 코털이 나와 있을 때 내 코를 자연스럽게 만짐으로써 상대에게 알려준다'는 사고방식을 지닌 나는, 요컨대 상대가 코를 만지는 것은 나에게 코털 주의보를 발령한다는 뜻으로 곧장 연결시켜 생각하는 것이리라.

얼마 전 처음 만나는 중년 남성과 이야기를 나누었는데 그 사람의 입 냄새가 깜짝 놀랄 정도로 심했다. 내장이 나쁜 건 아닌지 진심으로 걱정될 정도였다. 이후 투영 심리형 사고방식을 지닌 나는 코털 공포에 입 냄새 공포가 더해지고 말았다. 입 냄새가 무섭기 때문에 나 자신도 입 냄새를 풍기며 남을 두렵게 하고 있지는 않을까 하는 공포다.

물론 하루 종일 코털이 나와 있을지도 몰라, 혹은 입 냄새가 남들이 걱정할 정도로 심할지도 몰라, 하며 병적으로 걱정하는 것은 아니고 때때로 전원이 켜진 듯 염려될 뿐이지만, 정말이지 하루하루를 살아간다는 것은 얼마나 골치 아픈 일인지.

마주 보고 이야기할 때 갑자기 제가 말이 없어지면 "코털은 안 나와 있어요"라고 상냥하게 알려주세요.

연인과의 첫 데이트를
기억하나요?

친구가 무심히 한 말 가운데 정말로 그렇다고 절실히 동감한 것이 있다.

첫 데이트가 상대의 모든 것을 상징한다고 그 친구는 말했다.

누군가와 왠지 사이가 좋아진다. 데이트를 하자고 하게 된다. 유원지 가기, 영화 보러 가기, 한잔하러 가기, 멀리 놀러가기, 다양한 데이트가 있지만 그날의 인상이 그 뒤 사귀게 되는 상대의 거의 전부다, 라는 뜻이다.

대체로 첫 데이트는 긴장하거나 흥분해서 잘 기억하지 못하는 경우가 많다. 게다가 첫 데이트 시점에는 상대의 결점 따위 전혀 모르는 것이나 다름없고, 서로가 서로의 마음에 들려고 애쓰기 때문에 상대가 싫어할 법한 일은 좀처럼 하지 않는다.

하지만 그럼에도 여전히 그 사람의 개성이라는 것은 첫 데이트에 응축되어 있다고 나도 절절히 생각한다.

그것은 아주 사소한 인상이다.

예를 들어볼까. 아주 오래된 일이지만 호감을 가지고 있던 남자와 술을 마시러 가게 되었다. 나오는 거 귀찮잖아? 너희 집 근처에서 봐도 돼. 그가 이렇게 말해서 우리 집 근처 역에서 만났다. 우리 동네이니 물론 가게는 내가 더 잘 안다. 적당한 술집으로 데려가자 이 가게는 뭐가 맛있어? 하고 그가 묻는다. 예전에 먹었을 때 맛있었던 메뉴를 내가 말했고, 그것을 주문했고, 그다음은 오로지 연신 마셨다.

그는 이야기를 엄청나게 재미있게 해서 꽤 늦은 시간까지 같은 가게에서 계속 마셨지만 전혀 지루하지 않았다. 이때 그의 이야기를 들으며 옛날 일을 잘 기억하는 사람이구나, 하고 언뜻 생각했다. 어린 시절의 이야기라든가 가족 이야기를 세부까지 자세히 기억하고 있었다. 그 기억을 유쾌하고 즐겁게 들려준다.

이 남자와는 그 뒤 사귀었으나 2년 정도로 헤어졌고, 지금은 전혀 만나지 않지만 첫 인상은 그대로 그라는 사람의 인상이기도 했다. 이야기를 재미있게 하고, 배려심 있고, 조금 우유부단해서 때로 판단을 남에게 맡기고, 그리고 과거의 모든 것을 소중히 여겼다. 가족이나 사귀었던 연인들, 그런 것 전부를.

연애의 마지막 무렵에는 우유부단한 면이나 과거를 소중히 여기는 면에 공연히 화가 났지만, 헤어지고 보니 그런 건 처음부터 알고 있었잖아, 그 가게에서 함께 마셨을 때부터…… 이런 기분이 들었다.

내 친구는 현재 연인과의 첫 데이트 때 강제적인 사람이라고 생각했다 한다. 친구는 낚시 따위에는 흥미가 없었는데도 낚시가 얼마나 즐거운지 열심히 설명했고, 약속 장소에서 가장 가까운 유료 낚시터를 찾아내어 가자, 가자, 하며 아이처럼 기쁜 기색으로 친구를 그곳으로 안내했단다. 그날은 여름이었고 낚시터는 야외라서 마음이 내키지 않았지만 친구에게는 달리 뭔가를 한다는 대안도 없었기에 결국 낚시를 하러 갔다. 친구는 땀을 줄줄 흘리며 멍하니 자신의 낚싯줄을 바라보고 있었던 모양이다.

그러나 이 강제적인 데이트에서 그에 대한 친구의 인상은 별로 나쁘지 않았다. 이 사람은 정말로 나를 좋아하는구나, 자기가 좋아하는 것을 이렇게 열심히 나눠주려 하는구나, 하고 생각했단다. 그래서 사귀게 되었다.

아마도 첫 데이트에서 두 사람이 각자 얼핏 느꼈을 상대의 인상은 옆에서 보고 있으면 매우 잘 알 수 있다.

그는 실제로 강제적인 남자이며, 친구의 연인이지만 보면 가끔 멋있다는 생각도 들고 귀찮을 것 같다고 생각할 때도 있다.

　한편 친구는 정말로 중요한 것 말고는 뭐가 어찌 되건 상관하지 않는 너그러운 미적지근함을 지니고 있다. 그리고 정말로 중요한 것은 친구에게 손에 꼽을 정도밖에 없다.

　첫 데이트에서 한여름인데도 낚시하러 가자고 말하는 남자와 달리 가고 싶은 곳도 없으니 뭐, 좋아, 하며 흥미도 없는 낚시에 따라 나서는 여자. 이 데이트는 그들의 개성과 그 뒤로 함께 지낼 시간 전부를 그대로 상징한다.

　연인의 취미인 야외활동에 어울리던 중 친구도 야외활동파가 되었고, 두 사람 사이의 결정권은 그가 쥐었으며, 하지만 그런 건 친구에게 아무래도 좋은 일이어서 결정해주다니 아~ 편하네, 정도의 마음인 듯 두 사람은 꽤 오랫동안 사귀고 있다. 열쇠와 열쇠 구멍 같은 좋은 궁합은 한여름 낚시 때 정해졌을 터이다.

　하지만 '첫 데이트의 인상은 그 뒤 상대의 본질을 상징한다'라는 이 법칙은 아무짝에도 쓸모가 없다. 그도 그럴 게, 첫 데이트 때는 어지간한 일이 없는 한 상대의 좋은 면을 보게 되고 뭐든 좋은 쪽으로 해석해버리니까. 사전에 알아서 도움이 된다기보다 헤어진 뒤에 '아아, 그러고 보니 그랬지' 하고 깨닫는 경우가 훨씬 많다.

그러므로 이 '아아, 그러고 보니 그랬지'는 필연적으로 헤어질 때 흥분과 함께 납득된다. 이별의 슬픔이나 외로움이나 분노를 잊어버릴 정도의 납득이기는 하다고 저는 생각합니다만.

자신의 이미지를
알고 있나요?

　〈벨벳 골드마인〉이라는 조금 오래된 영화를 비디오로 봤더니 주인공(그렇게 묘사되어 있지 않지만 데이비드 보위)이 "인생에서 가장 중요한 건 이미지야"라고 말했다. 이 영화는 아주 재미있지만 그 한마디에 대해서는 과연 그럴까, 너만 그런 거 아니야? 하고 생각하며 봤다. 그런데 다 본 뒤 곧바로 "정말로 그래!" 하고 외치고 싶은 사건이 생겼다.

　요전에 나는 무슨 옷을 입어도 남들이 중고로 본다고 썼는데, 그 후속 보도쯤 되는 이야기다.

　내 가방은 **발리**Bally*다. 들고 있는 가방 가운데 가장 크고 뭐든 들어가서 꽤 오래 전부터 닳도록 쓰고 있다. 나는 브랜드의 유행에 어두운 데다 더러워져도 아무렇지 않으니 용도로 치면

에코 백이나 다름없지만, 그래도 일단은 **발리**다.

이 가방을 보고 실로 많은 사람들이 "굉장한 배색이네"라는 둥 "엄청난 디자인이네"라는 둥 하는 건 예전부터 있었던 일이다. 꽤 수수하다고 생각하지만, 그들의 말은 수수하다거나 화려하다는 게 아니라 '일본적이지 않은 배색이다'라는 뜻인 모양이다.

이 지적에는 딱히 아무런 생각이 없었다. **발리**는 유럽 브랜드니 확실히 일본적인 배색은 아닐 거라고 이해했다.

그런데! 비극은 일어났다.

바로 얼마 전, 지인 몇몇과 엘리베이터를 탔다. "당신 가방, 색깔이 뭔가 엄청난데" 중년 남성이 말했고, "어머, 정말. 일본 제품은 아니지?" 나보다 나이 많은 여성이 말했으며, "희귀한 색조네" 다른 중년 남성이 말했다.

"그거, 어디 거야?" 나이 많은 여성이 묻기에 "유럽이요" 하고 대답했다. "우와, 무슨 브랜드?" 질문이 거듭 이어져서 나는 "**발리**예요"라고 솔직하게 대답했다.

---

* 신발과 가방 등을 파는 스위스의 고급 브랜드로 2018년에 중국의 산둥루이그룹에서 인수했다. 일본어에서는 '발리이(バリー)'라고 장음으로 발음하여 지명 '발리(バリ)'와 구분하는데 여기서는 고딕체로 표기했다.

그러자 놀랍게도 질문한 사람은 "와아, 발리Bali! 발리구나" 하며 깊이 납득했고, "아, 발리 말이지. 발리에서 샀구나" 여성이 말하자 "동남아시아를 정말로 좋아하나 봐" 다른 남성이 말했으며, 발리구나, 음, 발리란 말이지, 그야 일본적이지 않은 게 당연하지, 발리니까, 하고 좁은 엘리베이터 안에서 다들 발리를 연발한다. 아아, 이 사람들은 **발리**를 모르는구나 싶었던 나는 "**발리이이이이**, 라는 브랜드예요" 하고 이 발음을 길게 끌며 설명했다. 그랬더니 "앗, **발리**야? **발리**였구나" 하며 여성이 놀랐고, 남성은 "아아, **발리**였구나, 뭐야" 했으며, 다른 하나는 "**발리였다니**" 하면서 찬찬히 가방을 살펴봤다.

저기 말이죠, 정말로 충격적이었답니다. **발리**를 다들 아시지만 내가 '**발리**'라고 발음해도 인도네시아의 '발리'로밖에 안 들린다. 게다가 바로 몇 초 전에 '유럽'이라고 분명히 말했는데 '동남아시아'로 자동 번역된 것 같다. 이건 대체 어찌된 일인가?

엘리베이터가 1층에 도착해서 다들 와자지껄 떠들며 내릴 때 "혹시 제게는 브랜드 제품을 브랜드 제품으로 안 보이게 하는 재능이 있나요?" 하고 모두에게 조그맣게 물었더니 농담으로 여긴 모양인지 그들은 와하하하하, 와하하하하 몹시 유쾌하게 웃었다.

아아, 그 영화에서 주인공이 말했던 건 이런 거구나. 모두와

출구로 향하며 나는 생각했다. 인생에서 가장 중요한 건 이미지. 정말이지 옳으신 말씀이다.

무슨 옷을 입어도 중고로만 보이듯, 나는 무엇을 들고 있어도 동남아시아 토산품으로밖에 안 보이는 모양이다. 그러고 보면 오래 전 안나 수이*의 가죽 가방을 들었을 때도 "동남아시아에서 사왔어?"라는 질문을 들었던가.

이건 외견의 문제도 있지만 이미지도 아마 한 원인일 것이다. 동남아시아인이나 배낭 여행자나 프리터 같은 사람들이 나오는(사람들밖에 안 나오는) 소설이라든가. 그러고 보니 『이코노미컬 팰리스』라는 경제 소설(이랄까 가난뱅이 소설)을 낸 직후에는 '밥은 먹고 다니는가' '돈이 쪼들리는가' '생활은 가능한가'라는 식으로 여러 사람들로부터 고마운 메일과 전화를 받았다. 그건 소설인데……

이십대 시절에는, 특히 이십대 초반 무렵에는 남들이 내 소지품 전부를 동남아시아 토산품으로 여겨도 아무렇지 않았고 심지어 기뻤던 것 같기도 하다. 나는 실제로 배낭 여행자에 가까운 여행을 했고 동남아시아에만 갔으며 내가 쓰는 소설이 남에게 어떤 인상을 줄지가 아니라 사람들이 과연 내 소설을

---

* 미국의 고급 패션 브랜드.

읽어줄지가 걱정이었기 때문에 중고 옷, 동남아시아 토산품, 만세!였다고 생각한다.

그러나 삼십대도 후반으로 접어들자 그건 역시 괴롭다는 생각이 든다. 왜 그런 생각이 드는가 하면, 중고 옷을 입거나 동남아시아 토산품으로 몸을 치장하는 어른은 별로 멋있다는 생각이 안 들기 때문이다. 자신이 나이를 먹었다는 사실을 깨닫지 못하고 젊은이에게 어울리는 물건으로 온몸을 치장하는 건 조금 꼴불견이라고 생각하기 때문이다.

하지만 아마도 현재 나의 이미지는 이십대의 내가 그 당시 간절히 바랐던 것, 원했던 것에 의해 만들어져 있을 것이다. 이미지여, 나이를 따라잡는 것이 조금 늦었다, 하고 생각하지 않을 수 없다.

여기서 새로운 고민이 생겨났다. 무엇을 들어도 중고, 동남아시아 잡화로 보이니 이 기회에 정말로 중고와 동남아시아 잡화를 최대한 활용해서 검소와 절약을 신조로 삼는다. 혹은 지금부터 10년 뒤의 새 이미지를 만들기 위해 브랜드 제품으로 몸을 치장해본다(브랜드광 이미지를 원하는 것이 아니라, 그렇게까지 해야 '**발리**'라는 발음이 간신히 제대로 들리리라고 생각하기 때문이다). 뭔가 하찮은 고민이네요.

배운 것을
기억하나요?

여기저기에서 공언하고 있지만 나는 아는 게 없다. 신센구미*는 유명한 소설이라고 생각했고 사카모토 료마**도 가공의 인물인 줄 알았다. 아마존강이 흐르는 곳은 아프리카라고 말해서 사람들을 놀라게 만든 것이 바로 지난주고, 에도 시대의 앞 시대가 무엇인지 물어도 아직까지 대답할 수 없다.

그런 각종 상식을 모르는 채 살아올 수 있었던 게 신기하다는 소리를 남들로부터 자주 듣는다. 평범하게 살다보면 그런 상식은 저절로 알게 된다고들 한다. 희한하네. 유년기 이후부

---

* 에도 시대 말기 교토에서 반 막부 세력을 단속했던 무사 조직.

** 에도 시대 말기의 지사로 메이지 유신의 숨은 주역으로 평가받는 인물.

터 지금까지 실로 평범하게 살아왔는데.

그래서 신기하게 생각하는데, 사람들은 대개 중학교나 고등학교 수업을 얼마나 기억하고 있을까?

초등학교, 중학교, 고등학교에서 내가 또렷하게 기억하고 있는 일은 각각 하나씩 정도다. 게다가 그중 어느 것도 수업 내용과는 별로 관계가 없다.

가령 초등학교의 기억은 과학 시간이다. 나는 어마어마하게 화장실에 가고 싶었다. 내 몸이 어떻게 되지 않을까 걱정될 만큼 가고 싶었다. 하지만 말을 꺼낼 수 없었다. 내내 참았는데 F가 한창 수업이 진행되던 중 똑바로 손을 들고 "화장실 가도 돼요?"라고 물었다. 선생님은 허락했다. 그래서 나도 용기를 내어 "선생님, 저도……" 하고 말을 꺼냈다. 그러자 선생님은 "남이 갔다고 해서 자기도 가려고 하는 사고방식, 선생님은 싫다"라며 허락해주지 않았다. 눈앞이 새까매졌다.

맹렬한 요의에 정신이 아득해지며 다리를 달달 떠는 것으로 참았더니 선생님이 내 이름을 부르면서 "그렇게 가고 싶으면 갔다 와. 보고 있으면 나까지 좀이 쑤시니까" 하고 겨우 허락해줬다.

이런 기억. 이 수업에서 무엇을 배웠는지는 당연히 생각이 안 난다.

중학교 때 기억은 보건 체육 시간. 체육 선생님은 말과 행동이 거친 중년 여성이었다. 이 선생님이 무슨 이야기 끝에서인지 수업 도중 '엉덩이 닦는 법'에 대해 설명하기 시작했다. 참고로 내가 다녔던 것은 여학교다. 소변과 대변을 봤을 때 뒤에서 앞으로 닦으면 절대로 안 된다, 앞에서 뒤로 닦아야만 한다고 강조했던 것이다. 보건 체육 과목에서 무엇을 배웠는지는 역시 생각나지 않지만 엉덩이 닦는 방법만은 아직도 화장실에 들어가면 그 선생님의 얼굴과 말이 떠오를 정도로 강렬하게 기억하고 있다.

고등학교의 기억은 윤리 시간. 편견이나 개념 등에 대해 배우고 있었던 것 같다. "유리컵이 두 개 있다고 하자. 하나는 라멘집에서 제대로 씻지 않고 연달아 스무 명이 쓴 것, 다른 하나는 오줌을 넣었다가 물로 씻은 것. 어느 쪽이 더럽냐고 물으면 다들 오줌이 한 번이라도 담겼던 컵이라고 말하겠지만, 과학적으로 더러운 것은 스무 명이 연속으로 사용한 컵이다"라는 이야기를 선생님이 했다. 이 예시는 여학생들에게 엄청난 충격을 안겨주었고, "그런 예시를 내는 것이 옳은가. 덕분에 음식점에서 물을 마실 수 없게 되었다" 하며 항의하러 간 학생도 있었다. 섬세한 나이였던 것이다. 이 일화는 항의한 학생까지 포함해서 기억한다.

물론 희미하게 기억하는 것은 많다. 일본사 선생님은 칠판에 글씨를 많이 썼지, 라든가, 한문 수업 때마다 나는 환상적인 풍경을 문자 너머로 봤지, 라든가, 가정 시간에 오므라이스를 만들었지, 라든가, 영어 회화 수업의 외국인 선생님은 뚱뚱했지, 라든가. 하지만 선생님의 이야기 혹은 문장 자체를 거의 완전하게 기억하는 것은 앞서 말한 세 가지뿐이다.

그 모두가 아랫부분 관련인 이유는 그런 화제를 교단에서 공공연하게 말하는 데 대한 놀라움 때문이었을 것이다. 회전초밥집에서 초밥이 돌고 있을 때는 아무렇지도 않지만 멜론이나 푸딩이 돌고 있으면 깜짝 놀라서 먹고 싶지도 않은데 눈으로 뒤쫓게 되는 것과 비슷하지 않을까.

그렇게 수업을 잔뜩 받고, 그렇게 시험을 잔뜩 치르고서 기억하는 내용이 그런 것이라면 가르쳐준 쪽도 분명 견딜 수 없겠지. 나도 좀처럼 견딜 수 없지만.

대부분의 사람들은 나보다 상식에 밝다. "그거 어디서 배웠어?"라고 물어보면 "초등학교 때 배우잖아"라든가 "고등학교 때 배웠어"라는 식으로 명확한 대답이 돌아오는 경우가 많다. 그들을 가르친 선생님은 아랫부분 관련 탈선을 하지 않았던 것인가, 아니면 다들 기억력이 좋은 것인가.

요전에 그에 대해 써야 하는 원고가 있어서 초등학교 때의 작문 공책을 한 장 한 장 넘겨 보았다. 마당에 피는 꽃 이름을 모조리 말할 수 있는 아이가 거기에 있어서 기절초풍했다. 지금 내가 이름을 아는 꽃은 벚꽃과 튤립과 수련뿐이다. 나머지를 나는 어디에 두고 온 것일까? 신센구미도 아마존강도 에도 시대로 이어지는 모든 시대도, 그때그때의 나는 분명 알고 있었을 것이다. 대체 어디에 두고 왔담?

사람은 그 사람다운 것만 버리지 않고 간직하며 어른이 되는구나.

흡연자라면
동감하시겠죠?

잇따라 해외 취재 일이 들어와서 5월과 7월, 둘 다 짧은 여행을 다녀왔다. 요즘 해외로 나갈 때마다 통감하는 것이 흡연자의 수난이다.

5월에 간 나라는 뉴질랜드였는데 뭔가 좋지 않은 예감이 들어서 떠나기 전 뉴질랜드통에게 흡연에 대해 물어봤다.

"미국만큼 예민하지는 않지만 식당 같은 데는 보통 금연이야"라는 대답을 듣고 첫 여행 준비로 휴대용 재떨이를 샀다.

과연 정말로 금연 천국이었다. 처음 묵은 호텔부터가 이미 실내 금연. 야외 복도에 화분 같은 재떨이가 덩그러니 놓여 있었다. 그 뒤 이동하며 묵었던 숙소도 모조리 실내 금연. 흡연자인 나는 한 시간 정도마다 밖으로 나가 드넓은 하늘을 올려다

보며 담배를 피웠다.

의외였던 것은 오클랜드의 아시아 음식점도 죄다 금연이었던 점이다. 태국 음식점도 중국 음식점도, 동남아에 있다고 착각할 만큼 값싼 분위기를 풍기는 스팀보트* 식당도 금연이다.

실제로 거리에서 담배를 피우는 사람도 별로 못 봤다. 선착장이나 주차장 구석에 간신히 재떨이가 있어서 그런 곳에서 담배를 피우는 동네 사람도 있기는 하지만 뭐랄까, 척 보기에도 인생 낙오자의 모습이다. 아아, 이 나라에서 담배를 피운다는 것은 다시 말해 인생의 무언가를 포기했다는 뜻이겠구나, 하고 납득했다.

이런 일도 있었다.

금연 식당에서 나와 담배를 피울 때, 젊은 여성이 주뼛주뼛 다가와서 "담배 한 대 얻을 수 있을까요?" 하고 조심스럽게 물었다. 내가 내민 담배에 불을 붙여 연기를 깊게 들이마시더니 "아아, 멘톨. 너무 좋아!" 하며 웃음 짓는다.

듣자하니 독일인인 그녀는 몇 주 전부터 여행을 하고 있었는데 여기도 저기도 금연이어서 이 기회에 끊기 시작했으나 우

---

* 도넛처럼 생긴 냄비에 육수를 넣고 각종 재료를 익혀 소스에 찍어 먹는 타이, 말레이시아, 싱가포르 등지의 요리.

연히 맛있게 담배를 피우는 일본인 여자를 발견하고 참을 수 없어져서 말을 걸어버린 모양이다. 으음, 알지, 알아, 그 마음.

7월 여행은 쿠바였는데 쿠바라 하면 엽궐련 대국, 요즘 세상에 여기서도 저기서도 담배를 피울 수 있어서 정말로 기뻤다. 외국인 여행자밖에 없는 듯한 식당에는 금연석도 있었지만 마치 다른 나라의 흡연석 같은 취급이었다. 창문 없는 구석에 고작 몇 자리밖에 없는 금연석인 것이다.

하지만 쿠바에 가기 위해 경유하고 숙박해야 했던 캐나다에도 금연의 파도가 밀어닥치고 있었다. 호텔에서는 "담배를 피울 수 있는 방으로 주세요"라고 말해야 했고 로비나 식당도 물론 금연이다.

그리하여 캐나다의 공항에서 마침내 나는 보았다. 새까만 폐와 폐기종 치료 기구와 칠흑 같은 해골과 병든 태아 등의 무시무시한 사진이 포장지에 인쇄된 담배를. "독입니다" "죽습니다"라는 실로 직설적인 문장도 쓰여 있었다. 안 팔면 될 것을. 하지만 사는 사람도 있겠지. 나 역시 담배가 떨어지면 아무리 무서운 포장지라도 개의치 않고 산다.

작년에는 휴가로 푸켓에 갔는데, 비행기 표에 "에어컨이 나오는 식당은 모두 금연 구역이 되었습니다"라는 공지가 쓰여 있었다. 전전긍긍하며 떠났다. 버스 정류장이든 길이든 어디서

나 상관없이 담배를 피우는 국민뿐인 태국까지 마침내……

그런데 실제로는 아~무것도 변하지 않았다. 사람들은 길에서, 버스 정류장에서, 포장마차에서, 식당에서, 찻집에서, 호텔로비에서, 어디서든 거리낌 없이 담배를 피웠다. 내가 발을 들여놓지 않았던 서양인 전용 고급 레스토랑인지 뭔지가 분명금연이었겠지.

서양을 필두로 담배가 서서히 배척당하고 있다는 사실을 몸으로 깨닫는 요즘인데, 마침내 얼마 전 도쿄에서도 금연 바를 발견했다.

긴자에 있는 와인 바였는데 자리에 앉아서 담배를 꺼내자마자 "죄송합니다만 저희 가게는 금연이라서……" 하고 웨이트리스가 말했다. 그곳은 지인이 예약해줬기 때문에 그럼 다른 가게로 갈게요, 하며 쉽게 일어설 수가 없어서 네, 알겠습니다, 하고 얌전히 담배를 집어넣었다. 그러나 담배를 피우지 않고 몇 시간이나 계속 술을 마시는 것은 나에게는 무리다. 몇 분마다 담배를 피우러 밖으로 나갔지만 가게 앞에는 재떨이가 없다. 몇십 미터 떨어진 택배 회사 창고 앞에서 겨우 재떨이를 발견하여 창고 앞과 가게를 여러 차례 왕복했다.

초밥집이라면 이해한다. 가이세키懷石 요리*라면 이해한다. 프랑스 요리라면 이해한다. 요컨대 술보다 요리가 중심인 가게라면 금연이라 해도 납득이 간다. 아니, 그렇다기보다 그런 가게는 요즘 얼마든지 있다. 하지만 알코올이 중심이고 선술집 분위기인 요리집에서 금연이라는 말을 들으면 왠지 언짢다. 담배를 피울 수 없다는 점이 언짢은 게 아니라, 가게 방침의 소재를 알기 힘들어서 언짢다. 불쾌한 담배 냄새로 요리를 망치지 말아줘, 혹은 비흡연자에게 민폐를 끼치지 말아줘, 하는 것이 아니라 그냥 서양스럽게 해봤어요, 왜냐하면 그게 최신 유행이니까요, 하는 듯한 느낌이 든다.

이 나라는 여하튼 서양풍을 좋아해서 지리적으로도 아시아권이 아니라 서양권이라고 억지로 믿고 싶어 하는 것 같지만, 본질은 아시아 중의 아시아라고 나는 생각한다. 특히 흡연에 관해서는 아무래도 본질과 소망이 두 갈래로 갈라져 있는 느낌이 든다. 가게 안이 금연인데도 입구 밖에 재떨이가 없다면 매너 없는 흡연자가 그 앞에 담배꽁초를 획 버릴 가능성이 아무래도 생길 것이다(매너 교육이 철저하게 이루어지지 않았으니까). 이 대목이 참으로 어중간한 서양 아시아, 라는 느낌을 준다. 금연 구역을 철저히 지키려면 스타일보다 먼저 의식을 바꿔야 한다. 남에게 피해를 주지 않는 곳에 재떨이를 두는 것만

---

* 다도를 할 때 차를 대접하기 전에 내는 간단한 요리.

으로 사람의 의식은 바뀐다.

요즘은 비행기에 탈 때마다 바로 얼마 전까지만 해도 금연석과 흡연석을 선택했지, 하며 그리움에 젖는다. 뭐? 비행기 안에서 담배를 피울 수 있었다고? 하며, 젊은 사람은 그 옛날의 산 제물 전설이라도 들은 것처럼 놀라지 않을까.

이런 가게에
들어간 적 있나요?

　이거 재미있어요, 하며 편집자가 문고본 만화를 보내줬다. 『고독한 미식가』라는 그 만화를 읽던 도중 "아, 맞아, 맞아, 정말로 그래!" 하고 나도 모르게 소리를 질렀다.

　구스미 마사유키 원작, 다니구치 지로 글·그림의 이 책은 '도쿄 도 무사시노 시 기치조지의 회전초밥' '도쿄 도 시부야 구 진구 구장의 비엔나소시지 카레'라는 식으로 장별로 제목이 붙은 단편 만화집인데 주인공 남자가 홀로 실존하는 가게에 가서 오로지 먹는 내용이다.

　내가 무의식중에 소리를 지른 대목은 '도쿄 도 이타바시 구 오야마의 햄버그 런치'라는 장이다.

　배고픈 상태로 훌쩍 들어간 가게에서 주인공은 햄버그 정식을 시키는데, 카운터 안쪽에서 가게 주인이 계에에에속 종업원을 혼낸다. 요리되어 나온 햄버그 정식은 아주 맛있어 보이지만 설교가 너무도 집요해서 주인공은 먹을 기력을 잃어버린다는 내용.

가게 주인이 큰 소리로 설교하거나 점원끼리 싸움을 하는 가게는 살다보면 가끔 마주친다. 지저분한 가게보다, 맛없는 가게보다, 시끄러운 가게보다, 맛에 비해 터무니없이 비싼 가게보다, 나는 이런 가게가 거북하다.

학창시절 동아리 활동이 끝나면 선배들과 종종 가는 정식집이 있었다. 저렴한 가격에 비해 맛있고 양도 풍성해서 남자가 많았던 동아리 멤버들은 그곳을 자주 이용했다. 거기서 파는 오므라이스는 내 입맛에도 맞았지만 그 가게가 신입을 괴롭히는 곳이었다. 괴롭혔다는 것은 과언일지도 모른다. 그저 신입 교육이었을 수도 있다.

그 정식집은 카운터 자리밖에 없어서 우리는 카운터에 나란히 앉아 주문을 한다. 카운터 안쪽에서는 남자 네다섯 명이 바쁘게 일하고 있다. 이 가운데 하나가 신입인 '시게루 씨'였다.

시게루 씨는 척 보기에도 요령이 부족했고 꾸물거리는 데다 융통성도 없었다. "야, 시게루. 주문 어떻게 되어가고 있어?" "2번 손님한테 물 드렸어?" 하며 그것만으로도 매번 주의를 받는데, 시게루 씨에게는 곤란한 버릇마저 있었다.

동작과 동작 사이에 물을 마시는 것이다. 목이 마르다기보다 당황했을 때의 버릇인 듯했다. 근처에 있는 컵에 수돗물을 잽싸게 받아서 꿀꺽 마신 뒤 주의 받은 작업에 들어간다. 그리고 이 버릇이 선배 요리사들을 엄청나게 열 받게 하는 모양이었다.

야, 시게루, 또 물 마셨냐? 물 마시지 말라니까! 시게루, 물 마시지 마. 시게루 씨가 물을 마실 때마다 카운터 안쪽에서는 욕설이 난무하며 큰 소동이 일어난다. 네, 죄송합니다, 하면서도 시게루 씨는 또 물을 마시고 만다. 바쁜 데다 혼까지 나니까 시게루 씨의 마음속도 야단법석일 것이다. 물 마시지 마, 하고 주의를 받으면 더더욱 야단법석이 되어 물을 마시고 마는 것이다.

나는 사람이 언성을 높이는 것에 굉장히 취약하다. 이상할 정도로 취약하다. 내가 혼나는 상황이 아니라도 성난 목소리를 듣기만 하면 몸이 오그라들고 위가 쿡쿡 쑤시며 자칫하면 눈물까지 맺혀서, 실제로 그런 짓은 하지 않지만 귀를 막고서 "으악!" 하고 소리를 지르고 싶어진다. 게다가 남자 말투에 약하다. "물 마셨잖아" 하고 야단치는 소리는 그나마 견딜 수 있지만 "물 마셨냐"라고 하면 공포로 다리가 후들거리며 사고 정지 상태에 빠진다. 모계 가족 속에서 자랐기 때문일까.

그런 이유로 카운터 안쪽에서 시게루 씨가 물을 마실 때마다 여기저기서 남자 말투의 욕설이 날아들었고, 나는 일일이 몸이 오그라들어 순식간에 식욕을 잃었지만 남기면 선배에게 혼나기 때문에 오므라이스를 마시듯 먹었다. 바로 눈앞에서 남자들이 고함을 지르고 있으면 맛 같은 건 모르게 된다. 선배들은 이 참상을 어떻게 생각하나 싶어서 카운터로 시선을 돌려보면 다들 아무 일도 없다는 양 우적우적 밥을 먹고 있다. 그리고 보면 연습 중 고함을 지르는 선배들뿐이었다(나는 언제나 무서웠다).

동아리 활동을 마치고 돌아가는 길에 오늘 밥은 어디서 먹는 걸까, 시게루 씨 가게가 아니기를, 하고 기도하듯 생각했지만 열 번 중 여덟 번은 시게루 씨 가게여서 매번 반드시 물 문제로 혼나는 시게루 씨를 코앞에서 보게 되었다. 시게루 씨의 물 마시는 습관은 아무리 혼나도 고쳐지지 않아서 카운터에 앉은 나는 시게루 씨가 언제 물을 마시는지 이미 완전히 파악하여 그가 물 컵으로 손을 뻗기 직전에 '거기서 물을 마시면 안 돼' '물 마시지 마, 시게루 씨' '침 삼켜둬, 침~' 하고 마음속으로 외치지만 물론 그 목소리는 전달되지 않으니 시게루 씨는 역시 물을 마셔버리고, 가게에는 공포의 욕설이 난무하는 것이었다.

나는 지금도 점원이 큰 소리로 싸우거나 선배가 후배를 혼내는 가게가 너무도 불편하다. 그것이 아무리 옳아도, 그 자리에서 혼내는 것이 그 사람에게 도움이 된다 해도, 좋은 일이라고는 여겨지지 않는다.

만화 속에서 가게 주인의 집요한 설교에 진절머리가 난 주인공은 놀랍게도 일어서서 가게 주인에게 불만을 제기한다. 이때의 대사가 좋다.

"음식을 먹을 때는 말입니다, 아무에게도 방해받지 않고 자유롭게, 뭐랄까, 구원받아야만 해요. 혼자서 조용히 여유롭게……"

괜찮으시면 꼭 한번 읽어 보시기를.

여름휴가,
있었나요?

여름에는 매년 헤엄을 치러 바다에 간다. 아주 오래 전부터 그렇게 하고 있다. 바다를 좋아하니까.

어린 시절 자주 갔던 곳은 가마쿠라, 에노시마, 그리고 이즈. 사춘기 때는 수영복을 입는 것이 싫어서 바다와는 인연이 없었지만 대학에 진학한 뒤로 다시 근처 바닷가에 가게 되었다. 옛날에는 태연하게 헤엄쳤던 에노시마나 즈시에서는 이제 수영할 마음이 생기지 않는다. 바닷물도 별로 깨끗하지 않고 좀 지나치게 붐빈다. 새벽 4시나 5시에 차에 올라타 조금 멀리 있는 이즈나 오아라이까지 가고는 했다. 치바도 좋지만 장소에 따라 분위기가 몹시 거칠다. 온주쿠 일대는 내가 젊었을 때도 젊은이들이 무서웠다.

툭하면 바다에 헤엄치러 갔던 것은 대학을 졸업한 뒤다. 이미 일을 하고 있었지만 한가했고, 친구들도 다들 한가했기 때문에 한 해 여름에 몇 번이나 당일치기로 해수욕을 하러 갔다.

내게는 '여름은 바다!'라는 확고한 느낌이 있다. 바다에서 헤엄치지 못하는 여름은 비인간적이라고까지 생각한다.

그런데 요즘, 여름휴가가 없다. 재작년에는 한 번밖에 헤엄치러 못 갔고(오아라이 해안에 갔다) 작년에는 여름이 별로 덥지 않았던 탓도 있어서 한 번도 바다에 들어가지 않았다.

그리고 드디어 올해, 장마도 빨리 끝났고 믿을 수 없는 더위에 그야말로 매일이 바다로 놀러 가기 좋은 날이었지만 날짜와 마감 일정을 계산했더니 아무래도 휴가를 낼 수 없다고 판명되었다. 아아, 이렇게 나는 비인간이 되어간다…… 하고 가벼운 충격을 맛봤다.

비인간에서 벗어나기 위해 일정을 앞으로 당기고 뒤로 밀며 시간을 쪼개어 딱 하루를 비웠다. 그리고 바다행 계획을 세웠다. 조금 안심했다. 여름에 바다에 못 간다면 일을 하는 의미도 없다.

목적지는 이즈. 가까운 바다 중에서는 나는 이즈를 가장 좋아한다. 나이 들면 이사를 가고 싶을 정도다.

10시에 도착해서 파라솔을 빌리고, 헤엄치고, 맥주를 마시고, 자고, 다시 헤엄치고, 누워서 뒹굴기를 반복하다 보니 여러 차례 눈에 들어오는 젊은이 세 명 그룹이 있었다. 스무 살이 안 되어 보이는 남자들이었는데 한 번도 헤엄치지 않고 모래사장을 돌아다니고 있다. 무엇을 하는 것인지 전혀 모르겠다. 그들이 눈앞을 스쳐 지나갈 때 대화의 파편이 귀에 들어와서 아, 그렇군, 하고 납득했다.

오, 저 애 가슴 예쁘다. 봐봐, 와아, 굉장한데. 근데 남자가 있어. 쳇.

몇 미터 앞의 여자를 힐끔힐끔 쳐다보며 그들은 이렇게 말하고 있었다. 요컨대 헤엄치러 온 것이 아니라 헌팅하러 온 것이다.

그러고 보니 그랬다. 바다는 헌팅을 하는 곳이기도 했다. 그런 것도 애써 떠올리지 않으면 모를 정도로 나는 나이를 먹었다. 헌팅당했던 일은 바로 엊그제처럼 기억하지만, 물론 나에게 말을 거는 남자는 이제 없다.

헌팅 팀을 보고 갑자기 흥미가 동해서 모래사장을 둘러봤다. 딱 봐도 헌팅을 기다리는 듯한 여자들도 있다. 헌팅에 성공한 그룹도 있다. 그리고 그룹 교제를 하는 듯한 사람들. 여자 셋, 남자 넷 그룹으로 좋아하는 감정이 뒤섞여 있기는 하지만 아직 커플 탄생에는 이르지 못한 느낌. 누가 누구랑 헤엄치러 가는지, 누가 누구랑 뭘 사러 가는지, 온몸으로 주의를 기울이지만 표면상으로는 어디까지나 쾌활하게 떠들고 있다.

젊음이 흘러넘친다. 으음, 좋구나, 하며 나도 모르게 웃음 짓는다. 이 역시 나이를 먹었다는 실감으로 다가온다.

어린아이들, 가족들, 헌팅에 열심인 남자들, 연인 쟁탈 게임에 흥겨워하는 그룹 등등을 멍하니 둘러보다 퍼뜩 깨달은 점이 있다. 나는 어느 시기를 통과해서 거기로는 이제 두 번 다시, 앞으로 두 번 다시 돌아갈 수 없다는 사실이다. 지극히 당연한 일이지만 엄청난 발견이었다.

젊음, 이라고 하나로 뭉쳐버리면 그뿐이지만 젊음에 포함된 여러 가지, 어리석음, 수많은 헛짓, 에돌아가기, 자의식과의 균형, 못된 장난, 상처를 입는 방식, 그런 것을 모조리 손에서 떠나보냈기에 앞으로 손에 넣을 것들은 비슷하다 해도 전혀 다르다.

나이를 먹는다는 것은 일방통행이구나, 하고 비로소 실감과 함께 깨달았다. 가령 명확하게 그룹 안의 한 사람을 좋아하는 비키니의 여자아이, 스무 살쯤 된 그녀가 바라보는 세계나 느끼는 기분을 나도 확실히 보고 느꼈던 적이 있지만, 진행형으로 보거나 느낄 일은 이제 두 번 다시 없을 것이다. 그러나 스무 살의 여자아이는 언젠가 머지않은 미래에 내가 보고 있는 것과 아주 비슷한 것을 보고, 내가 느끼고 있는 감정과 비슷한 기분을 느낄 수도 있다.

누군가를 좋아한다는 기분도 그때의 감정이라서 앞으로 몇 번이나 누구를 좋아하게 되어도 그 시절의 좋아하는 마음으로 는 되돌아갈 수 없다.

되돌아가지 못하니 앞으로 나아갈 수밖에 없다. 뭔가 굉장한 일이라고 생각한다. 마흔이 되어도 마흔다섯이 되어도 나는 해수욕을 하러 오겠지만, 그때마다 보이는 것도 느끼는 마음도 달라지겠지. 그것은 추측할 수 없다. 일방통행의 길 저 멀리에 있으니까.

그것은 슬픔과도 외로움과도 다른, 참으로 이상한 기분이었 다. 뒤를 돌아보는 것도 아니고 앞쪽을 응시하는 것도 아닌, 지금 통과하는 사물을 똑바로 바라보는 것이 가장 맞는 일이겠 지. 그러니 여름의 젊은이들은 헌팅이나 연인 쟁탈이나 사랑에 어리석을 정도로 열중해야 한다. 두 번 다시 그 지점으로는 되 돌아가지 못하니까.

한때 젊은 남자나 같은 그룹 누군가의 시선을 의식했던 나는, 서른일곱 살 여름의 바다에서 그런 일을 한참동안 생각했다.

간장 통 만족도는
몇 퍼센트인가요?

간장 통에 대해 모 신문에 수필을 썼다. 정말이지 제대로 된 간장 통이 없다고 한탄했다.

간장이 주둥이를 타고 흘러내리지 않습니다, 라고 별도로 쓰여 있어도 90퍼센트의 간장 통에서는 간장이 흘러내린다. 간장이 지저분하게 흘러내리는 것만큼 한심하고 화가 나는 일은 없다. 게다가 세련된 간장 통일수록 더더욱 눈에 띄게 흐른다.

멋대로 물이 나오는 냉장고를 개발할 때가 아니다, 휴대전화에 카메라를 달 때가 아니다, 그전에 해야 할 일이 있지 않나, 일본인이여, 어디서나 구할 수 있는 세련되고 제대로 된 간장 통이 무엇보다 급선무이지 않나, 라는 취지의 에세이였다.

그 글을 읽은 알고 지내던 작가 나츠이시 스즈코 씨(나는 굉장한 팬이다)가 이토 리사 씨의 만화를 복사해서 보내줬다. 간장 통은 즉 남자다, 라는 내용의 단편 만화였는데 나도 모르게 무릎을 치며 납득했다.

만화 속 여자에게는 지긋지긋하게 인연이 안 끊어지는 남자가 있다. 그녀는 다른 남자에게 관심을 두지만 결국 지긋지긋한 인연이 더 소중했다, 라는 내용이 간장 통과 연결되어 그려진다. 겉보기에 그럴싸한 간장 통을 골라도 병 주둥이로 내용물이 줄줄 흘러넘치기도 한다. 고향 집에 있었던 제조회사 이름이 박힌 촌스러운 간장 통이 결국 가장 편리하고 쓰기 좋다…… 하는 결론에 이르는 것이다.

이것은 정말로 절묘한 표현이다. 혼자 살기 시작한 뒤로 15년이 넘도록 나는 완벽한 간장 통을 만나지 못하고 있다. 이거다 싶어서 사면 간장이 주둥이를 타고 흘러내린다. 한동안 참다가 어느 시점에서 못 참게 되어 이번에는 이거다! 하며 또 다른 것을 사지만 정도의 차이는 있어도 역시 간장이 주둥이를 타고 흘러내린다.

가장 오래 쓴 간장 통은 친구가 교토 여행 기념품으로 사다 준 제품인데 새 모양 도자기였다. 부리 부분에서 간장이 나온다. 간장을 보충할 때는 둥근 목을 떼도록 되어 있다. 엄청 귀엽지만 실용품이라기보다 장식해두는 편이 어울리는 물건이었다.

목과 몸통을 분리할 수 있지만 몸통 부분은 옆으로 길쭉해서(새이니까) 안쪽을 씻을 수 없다. 또 그 몸통에 간장이 별로 들어가지 않는다. 이 정도는 들어가겠지 싶은 분량을 부었더니 목 뚜껑을 닫을 때 간장이 흘러 넘쳤다.

아주 편리하다고는 결코 말하기 어려운 그 물건을 오래 쓴 이유는 간장이 주둥이를 타고 흘러내리지 않는 데다 생김새가 귀여웠기 때문이다. 그 무렵 우리 집에는 손님이 많이 와서 내가 쓴다기보다 손님용으로 낸다는 느낌이었다.

하지만 안타깝게도 도자기였기 때문에 언젠가 이가 빠져서 못 쓰게 되었다.

간장 통에는 그야말로 문제가 많다. 간장이 주둥이를 타고 흘러내리지 않으면 부엌에 두기 싫을 정도로 촌스럽고, 세련되면 간장이 흘러내리거나 덩어리가 들러붙는다. 게다가 살 때는 그 간장 통에 어떤 문제가 있는지 전혀 알 수 없다. 정말이지 남자 같다. 사귀어보지 않으면 대체 어떤 장단점이 있는지 모른다(이때의 장단점이란 남자의 장단점이 아니라 그와 나의 궁합상 장단점). 몇 번이나 실패했는데도 우리가 여전히 어딘가에 이 상형이 있다고 믿어버린다는 점도.

이것이 케첩 병이나 올리브오일 통이라면 이해되지만 간장 통이라는 점이 수수께끼다. 일본인은 몇백 년이나 간장을 써왔는데도 아직까지 이상적인 간장 통이 없고, 어쩌면 있을 수도 있지만 어느 슈퍼마켓에서나 살 수 있는 것은 아니라는 점이 이상해서 견딜 수 없다.

남자도 마찬가지다. 좋아하게 되어 연애를 하는 건 간단한 일인데도, 그야말로 먼 옛날부터 남자와 여자가 반복해온 일인데도, 뭐든 순조롭게 잘 풀리기만 하는 것은 아니다. 몇 번 연애를 했다고 해서 능숙해지는 것도 불가능하다. 머저리 같은 사람과 연속 다섯 번을 사귀어도 여섯 번째에 또 머저리 같은 사람을 예사로 좋아하게 된다. 간장 통 미궁.

앞서 말한 에세이를 쓴 뒤, 내가 모르는 친절한 사람이 절대로 간장이 주둥이를 타고 흘러내리지 않는다는 간장 통을 일부러 사서 보내줬다. 그런 간장 통이 있었다니! 나는 기뻐 날뛰며 배달된 소포를 열었다.

굉장히 근사한 간장 통이다. 간장도 흘러내리지 않을 것 같다. 뭐니 뭐니 해도 17세기 무렵부터 선조 대대로 만들어왔다는 간장 통이니까.

그런데 이 간장 통에는 뚜껑이 없다. 생김새는 자그마한 호리병 같다. 호리병에 뚜껑에 없듯 여기에도 뚜껑이 없는 것이다. 이 물건을 보내주신 친절한 분은 엄청나게 정갈하게 생활하시는 모양이라고, 훌륭한 간장 통을 보며 진심으로 생각했다. 저녁을 먹을 때마다 한 끼분 간장을 따라 붓고 식후에는 매번 깨끗하게 씻는 것이 틀림없다. 그리고 그런 생활이 칠칠치 못한 나에게 가능할 리 없다. 뚜껑 없는 간장 통에 간장을 넣어둔 채 내용물이 줄어들면 그대로 보충해 넣고, 먼지가 떠 있어도 태연자약하게 쓰고 있을 나 자신이 벌써 눈에 선했다.

물론 나는 보내주신 분께 매우 감사하고 있다. 손님이 올 때 정갈하게 생활하는 척하며 이 간장 통을 쓰자고도 생각한다.

그러나 나는 심원한 마음으로 이토 리사 씨의 만화를 다시 읽었다. 그렇다, "이 사람은 추천할 만해" "진짜 좋은 사람이야" "정말 멋있어" 하고 신뢰할 수 있는 친구에게 소개받았다 해도 그 남자와 사랑에 빠질지 말지는 또 다른 이야기다.

결혼이란 인연과
관계없나요?

　결혼이라는 것에 몹시 흥미가 있다. 이는 결혼 소망과는 완전히 다른 흥미로, 굳이 말하자면 의심이나 의혹에 가까울지도 모른다.

　서른일곱 살쯤 되면 말이죠, 참으로 많은 연인들이 나아가는 길을 지켜보게 된답니다. 십대 시절부터 내내 사귀고 있는 커플, 헤어져도 헤어져도 다시 만나는 사람들, 이 사람과 헤어지면 어쩔 셈인가 싶을 정도로 옆에서 보기에도 천생연분인 두 사람, 아무리 봐도 어울리지 않는 조합 등등.

　십대 때부터 친구들의 사랑이 나아가는 길을 보고 있노라면, 그 길 끝에 있는 것이 결혼이 아닌 듯하다는 생각이 든다. 물론 사랑의 도착점이 결혼인 경우도 있다. 하지만 내가 아는 사람들의 80퍼센트는 그때까지의 연애와 전혀 관계없는 사람이랑 결혼했다.

인연이나 운명이라는 말은 왠지 연애 안에서만 유효한 느낌이 든다.

이들은 분명 인연이구나, 싶은 사람들이 있지요. 헤어졌는데도 어딘가에서 딱 마주친다. 마주쳐서 이야기를 나누다가 관계가 회복된다. 또 헤어진다. 헤어졌는데도 그야말로 뜻밖의 장소에서 다시 마주친다. 또 사귀기 시작한다. 이런 커플이 간혹 있는데, 이 두 사람은 기본적으로 궁합이 잘 맞는 데다 인연도 있는 거라고 나는 생각한다.

나도 여행지에서 만난 사람과 귀국한 뒤에 엄청난 우연으로 마주쳐서 사귄 적이 있다. 이것은 인연 말고는 그 무엇도 아니다.

그런 식으로 신기한 인연으로 관계를 맺은 사람들은 어째서인지 결혼은 안 한다.

엄청난 일이 있었다. 십대 시절부터 사귀어서 이제 운명공동체 같아진 연인이 있었는데, 이 사람들은 결혼하자마자 사이가 틀어져서 헤어졌다. 깜짝 놀랐다.

이렇게 되면 말이죠, 인연이란 뭐지? 결혼이란 뭐지? 하고 생각하게 된답니다.

방금 전 친구 E가 작업실에 놀러 와서 우리는 그런 일에 대해 장황하게 이야기를 나눴다. 이 E라는 친구에게도 아주 오랫동안 헤어졌다 사귀기를 반복하던 소울메이트 같은 연인이 있었지만 몇 년 전 결혼한 상대는 그 사람이 아니다.

정말로 결혼만은 누구랑 누가 할지 도무지 모르겠어, 친구가 말했고 맞아, 맞아 하며 미혼인 나도 고개를 끄덕였다.

운명의 상대라는 것을 나는 별로 믿지 않지만, 인연이 있고 없고는 확실히 믿는다. 인연이 있는 사람과는 친구든 연인이든 스승이든 내 쪽에서 어떤 행동을 취하지 않아도 어딘가에서 만난다. 가치관이나 입장이 전혀 달라도, 1년에 한 번밖에 안 만나도 관계는 끊어지지 않는다.

아주 좋아하지만 인연이 없는 사람도 있다. 만나자, 만나자 하며 노력하는데도 안 만나져서 정신을 차리고 보면 멀어져 있기도 한다.

그 관계에 의지의 힘은 딱히 관여하지 못하는 것 같다. 인연, 이라고밖에 할 수 없는 느낌이다.

나 같은 미혼자 입장에서는 그 인연의 최종 지점이 결혼이라는 생각이 들지만, 내 주위에는 유독 그런 경우가 (있기는 해도) 정말로 드물다. 함께 생활하고 함께 나이를 먹어가는 상대와의 사이에야말로 인연이 있는 것이 당연하다고 생각하지만,

결혼의 인연이란 일상생활과 완전히 동떨어진 특수한 무언가라는 느낌이 든다.

그렇다면 혹시 결혼이란 누군가와 관계를 가지고자 하는 강력한 의지인가. 의지만으로 이루어진 무언가인가.

나는 결혼이라는 것에 대해 부정적이랄까, 회의적이어서 아주 오래 전부터 이상한 제도라고 생각했다. 왜 이런 이상한 제도가 몇백 년이나 사라지지 않고 이어지고 있는지 의아해서 견딜 수 없었다. 인연이 있으면 함께 지내고 인연이 없으면 헤어진다, 남자와 여자도 그렇고 부모와 자식도 그렇다. 그런 것이 가장 자연스러운 형태 아닌가.

그런 부자연스러운 결혼을, 사람은 때로 인연을 뿌리치면서까지 하고 마니까.

그런 일을 생각하며 시인 겸 평론가인 요시모토 타카아키 선생님의 최근작 『초연애론』을 읽던 중 뭔가 엄청나게 납득이 가는 문장을 발견했다. 타카아키 선생님은 결혼을 포함한 법률의 가장 깊은 뿌리에는 종교가 있는 것이 아닌가라고 말씀하셨다. "법률은 원래 머나먼 옛날의 종교에서 유래되었고, 그래서 사람의 마음에 이렇게도 힘을 발휘할 수 있는 것입니다"라고 쓰여 있었다.

내 생각에 종교란 이 세상의 시스템을 이해하려는 자세.

자신의 힘이 닿지 않는 모든 부조리를 납득하고자 하는 열망이다. 내가 말하는 인연(사람의 지혜가 닿지 않는 것)이 종교를 만들어내었고, 그 종교가 결혼을 만들어냈다고 생각하면 그 두 가지가 하나로 이어지지 않는 것은 당연하다는 뜻이 된다. 죽음 자체는 사망 신고서와도 장례식과도 아무런 관계가 없는 것과 같은 이유다.

결혼은 인연과는 관계없고 연애와도 관계없다. 오히려 남녀 한 쌍이 지닌 의지의 궁합, 의지의 유사성에 기반한 무언가가 아닐지. ……왠지 보고서를 쓰는 듯한 느낌이 슬금슬금 든다. 이런 식으로 이해하려고 노력하면 노력할수록 결혼하기 싫어지는 것은 어째서일까.

중심에
있나요?

내가 세상의 중심에서 벗어나 있다는 것을 올해 여름 날마다 절실히 실감했다.

아주 친하지는 않은(연애 사정이나 특수한 고민 같은 것을 서로 털어놓을 수는 없는) 몇 사람과 술을 마실 기회가 있다고 하자. 이럴 때의 화제는 반드시 세상 일반에서 일어나는 일이다.

이를테면 가장 알기 쉬운 예가 올림픽이다. 올해 8월은 매우 친하다고는 할 수 없는 사람들과의 어떤 자리에서나 화제는 올림픽이었다. 여자 마라톤에서 누가 어떻게 했다든가, 여자 유도가 어떻게 굉장했다든가, 남자 체조에서 무엇이 어떻게 되었다든가. 올림픽 관련 화제가 나오면 처음 만나는 사람끼리도 실로 부드럽게 긴장이 풀어져서 이야기가 활기를 띤다.

그리고 나는 대화에 참여할 수 없다. 올림픽을 안 봤기 때문이다.

내가 청개구리라거나 나만의 방침이 있는 것은 전혀 아니다. 그저 보지 않았을 뿐이다.

그야 스포츠는 잘 모르니까. 규칙이라든가, 선수라든가. 모르는데 보면 재미없잖아. 재미없지는 않을 수도 있지만 나한테는 재미없다. 무슨 일이 일어나고 있는지 이해가 잘 안 되니까.

물론 아침 뉴스는 보기 때문에, 금메달을 딴 사람이나 따는 순간은 자발적인 시청은 아니지만 몇 번인가 봤다. 그래서 어떤 자리의 화제가 겨우 아는 것으로 바뀌어갈 때 "아아, 그거 봤어요" 하며 이야기에 참여할 수는 있지만, 그런 건 1분도 유지되지 않는다. 슬쩍 봤을 뿐이니까.

그 결과 대화에 참여하지 못하여 올림픽에서 얼른 화제가 넘어가면 좋겠다고 생각하면서, 손바닥의 손금을 보거나 눈앞의 술을 보거나 재떨이 속의 담배꽁초 개수를 센다. 하지만 이런 종류의 화제는 여간해서 끝나지 않는다.

올해 8월, 이런저런 자리에서 나는 전에 없이 자주 내 손바닥을 들여다봤다.

그리고 얼마 전의 한국 드라마. 이 역시 나는 보지 않았지만 올해 여름 내가 참석했던 자리가 갑자기 이 드라마 이야기로 열기를 띠는 일이 되풀이되었다. 대단하다고 생각한다. 각 자리에 모인 이들은 멤버는 물론이고 나이도 저마다 다른 사람들인데도 일단 모두가 한국 드라마를 보고 있었다. 올림픽이라면 또 모를까, 드라맙니다, 드라마.

게다가 이 드라마가 곁에서 이야기를 듣고 있자니 어마어마하게 재미있을 것 같았다. 대화에 참여하지 못하는 것이 슬퍼질 정도로 재미있게 들렸다. 나도 이야기에 끼어들어 "결국 그 여주인공은……"이라거나 "그건 좀 그랬어"라는 식으로 말하고 싶었다.

그러나 이 드라마가 무슨 요일 몇 시에 어느 채널에서 방영하는지 정확하게 파악했을 때는 이미 마지막 회였다. 한국 드라마 전에도 리메이크 드라마 이야기로 모두가 흥분할 때 나는 손바닥의 손금을 응시하며 그것을 듣기만 했다.

생각해보면 나는 언제나 유행이랄까, 중심 같은 것에서 동떨어져 있다. 이십대 시절 친구 몇몇과 연립주택에서 빈둥거리던 때, 누군가가 베스트셀러라는 것에 대해 이야기를 꺼낸 적이 있었다. 책이든 CD든 사진집이든 종종 몇백 만 권, 몇백만 장 팔렸다고들 한다. 숫자로 따지자면 일본 국내에서 셋이나 다섯 가운데 한 명은 그것을 가지고 있는 셈이다. 하지만 여기 모인 친구들 가운데 누구 하나 그 베스트셀러 상품을 가지고 있지 않다, 이것은 잘 생각해보면 무서운 일이다, 우리는 절대로 베스트셀러라는 것을 만들어낼 수 없겠지, 라는 이야기였다.

그 친구가 하는 말은 아주 잘 이해되었다. 요컨대 친구들이 모이는 그 연립주택이 곧 변방 같은 곳이다. 그리고 아무도 그곳에서 나오려고 하지 않는다. 유행 같은 건 아무래도 상관없어, 하는 자기 고유의 생각이 있다면 또 모를까. 베스트셀러와 관계를 맺고 싶다, 중심을 알고 싶다는 마음이 있는데도 변방. 변방에 있는 인간이 뭔가 어마어마하게 거창한 일을 하려 해도 그 어마어마한 거창함이란 결국 변방급級.

그래서 이십대의 우리가 변방에서 나와 도시로 향했는가 하면, 역시나 변방에 머무르며 어영부영 지냈고 따라서 지금 삼십대 중반이 지난 나는 아직까지 올림픽도 한국 드라마도 닿지 않는 변방에서 근근이 살아가고 있다. 물론 베스트셀러 같은 것과 관계를 맺을 낌새도 전혀 없이.

조금 더 중심으로 다가가자. 이번 여름 나는 이렇게 마음먹었다. 술자리에서 세상 일반의 화제가 나오면 비집고 들어가 거침없이 말할 수 있도록 하자. 손바닥을 쳐다보는 것보다는 훨씬 즐거울 테고, 게다가 중심을 이해하면 나도 베스트셀러의 구조를 알게 될지도(베스트셀러를 낼 수 있을지도) 몰라. 그렇게 결심한 내가 시작한 일은 새로 하는 드라마를 보는 것이었다.

그렇다 해도 그 드라마가 히트하는지 아닌지를 아는 것은 대체로 중반부터다. 첫 회부터 그것이 유행할지 말지는 알 수 없다. 하지만 중반부터 보기 시작하면 내용을 모른다. 그래서 나는 내 취향은 완전히 무시하고 '이거다' 찍어서 어떤 드라마를 첫 회부터 열심히 봤다.

요즘 드라마를 전혀 보지 않았더니 머리가 드라마용으로 돌아가지 않는 모양인지, 줄거리는 뒤엉키지 속사포 같은 대사도 안 들리지 3회쯤부터 이미 완전히 흥미를 잃었지만 모쪼록 히트해달라며 기도하는 마음으로 매주 계속 봤다.

그리고 그 드라마는 올해 9월, 나에게 줄거리를 완전히 이해시키지 못한 채 최종회를 맞이했다. 별로 친하지 않은 사람들과의 술자리에 가서 그 드라마 이야기가 나오지 않을까 두근두근 기다렸지만 한 번도 나오지 않았다. 내 찍기는 아무래도 빗나간 모양이다. 드라마를 잘못 본 것이다.

새로운 드라마가 또 시작되는 계절이다. 경마 신문을 살피듯 나는 티브이 편성표를 살펴본다.

사교성 인사에
능숙한가요?

나는 사교성 인사를 못한다. 스스로가 한심하게 느껴질 만큼 못한다. 이는 전적으로 십대 혹은 이십대의 자의식이 남아 있어서겠지.

그 시절 나는 사교성 인사 같은 것을 몹시 혐오했다. 자신의 것이 아닌 언어는 거짓말이고, 거짓말 따위가 상대에게 가닿을 리 없다고 생각했다. 사교성 인사 비슷한 말을 들어도 왠지 울컥 화가 치밀었다. 그래서 사교성 인사에 관한 어휘력도 사교성 인사를 했던 체험도 압도적으로 수준 이하다.

그 점을 나는 지금 깊게, 깊게 후회한다.

사교성 인사란 좋은 것이구나, 하고 요즘 들어 불현듯 생각하게 되었기 때문이다. 이를테면 일을 의뢰하기 위해 메일을 주시는 분들 가운데 "바쁘신 와중에 죄송합니다만" 하고 쓰는 사람이 있는데, 물론 그 사람은 내가 바쁜지 안 바쁜지 따위는 모른다. 그저 사교성 인사 중 하나일 뿐이다. 하지만 정마~알로 바빠서 바쁨 자체가 그야말로 고민일 때 이렇게 쓰여 있는 메일을 받으면 나는 왠지 기쁘다. '어디 사는 뉘신지 모르겠지만, 저는 정말 눈코 뜰 새 없이 바쁘답니다. 그 점을 알아주셔서 고마워요'라고 생각한다.

얼마 전 우리 집 욕실 밑의 파이프가 부서져서 아래층으로 물이 센 적이 있다. 이런 건 정말로 우울하고 불안한 일이라서 기가 팍 죽는다. 기가 죽은 와중에도 용기를 쥐어짜내어 아래층 사람에게 사과하러 갔더니 그분이 이렇게 말했다. "이사 온 지 얼마 안 됐는데 힘드시겠네요. 기운 내세요." 이 또한 일종의 사교성 인사라고 생각한다. 그야 힘든 쪽은 물이 세는 피해를 입은 그 사람일 테니까. "빨리 어떻게 좀 해주세요"라고 말하고 싶을 텐데 나의 우울을 배려하는 한 마디가 순간적으로 나오다니 대단하다.

일본어에는 상투어가 된 사교성 인사가 아주 많다. 편지 마지막에 "몸조심하세요"라고 쓰는 것도 그렇고, "뵙기를 고대하고 있습니다"도 그렇고, 연말이면 "좋은 한 해 맞이하세요"라고 서로 말하고, 결혼한 사람에게는 "오래오래 행복하기를",

누군가와 사별한 사람에게는 "삼가 조의를 표합니다"라고 말한다. 전화로 "늘 신세 지고 있습니다"라고 말하는 것도, 넓은 의미로 "힘내세요"라고 말하는 것도 사교성 인사인 경우가 많지 않은가. 나의 사교성 인사에 관한 어휘력이 빈약하기 때문에 이 정도밖에 떠오르지 않지만, 틀에 박힌 표현은 훨씬 더 많다.

이런 형식적인 말, 판에 박힌 표현이 사람을 편하게 해주고, 조금 과장하자면 구원할 때도 있지 않은가 최근 생각하게 되었다. 그 말을 들은 사람뿐만 아니라, 하는 사람에게도.

그도 그럴 게, 주위에 엄청나게 슬픈 일을 겪은 사람이 있다 치자. 그 사람에게 기운을 불어넣어주고 싶다, 괴롭다면 편안하게 해주고 싶다, 이렇게 진심으로 생각하면 생각할수록 말이란 잘 떠오르지 않는 법 아닐까. 사교성 인사는 빈말처럼 들리니 뭔가 다른 언어가 없을까 찾아봐도 그 사람이 겪은 일에 가 닿을 만한 말은 그리 간단히 찾아지지 않는다. 아무 말 하지 않아도 마음은 분명 전해진다고 예전의 나는 믿었지만 그런 일은 절대로 불가능하다. 기운을 불어넣어주고 싶다면 기운 내라는 취지의 말을 입 밖으로 꺼내지 않으면 그 마음은 확실히 전달되지 않는다. 그럴 때 이미 존재하는 틀에 박힌 표현은 매우 유용하다.

예전에 엄청나게 힘든 상황에 처했을 때 지인에게 "심통함을 짐작합니다"라는 편지를 받은 적이 있다. 그 지인은 나와 동갑이었기 때문에 '이 사람은 심통함 같은 단어를 대체 어디서 익힌 걸까?' 하며 어휘의 풍부함에 놀라면서도 매우 기뻤다. 형식적인 말이지만 그 속에 걱정해주는 그 사람의 마음이 넘쳐흐른다는 것이 전해졌기 때문이다.

그때 생각했다. 사교성 인사란 마음을 흘려 넣는 '틀' 같은 것이 아닐까. '틀'이 있기 때문에 전해지는 것도 있지 않을까.

물론 마음에도 없는데 초대를 하는 등의 성가신 사교성 인사도 있다. "언제 한번 놀러 오세요" 하고 사교성 인사로 말했는데 실제로 찾아와서 몹시 당황했던 경험은 나에게도 있다 (몹시 당황한 적도, 몹시 당황시킨 적도).

하지만 이런 일은 대체로 관계가 완전히 어긋난 사람들 사이에서 일어난다. 한쪽은 상대를 좋아하지만 다른 한쪽에게는 그런 마음이 없다거나, 서로가 싫어해서 공통된 언어가 하나도 없다거나.

그래서 나는 생각한다. 친한 사람, 좋아한다고 여길 수 있는 사람들 사이에야말로 사교성 인사가 존재해야 한다고.

사교성 인사의 수준이 현저히 떨어지는 나는 지인이나 친구가 쓰는 낯설고도 아름다운 사교성 인사를 열심히 기억하고는 한다. 그 말들은 확실히 나를 구해주고 격려해주며, 그뿐만 아니라 나 또한 언젠가 누군가를 구해주고 격려해줄 수 있을지도 모르니까.

미용실을 찾아
방랑한 적 있나요?

올해 초 나는 '눈부신 여자가 되자'라는 포부를 당당히 밝혔다. 단게 단페이*가 형무소에 있는 조에게 보낸 글 '내일을 위해'처럼 해야 할 일을 항목별로 써보기도 했다. 손수건 가지고 다니기라든지, 손톱은 물어뜯지 말고 자르기라든지, 피부 관리실 가기라든지, 화장품 갖추기라든지. 그 가운데 '꼬박꼬박 미용실 가기'라는 항목도 있었다.

나는 10년 넘게 같은 미용실을 다니고 있다. 이는 그저 내가 만사를 귀찮아하는 사람이기 때문이다. 같은 미용실에 가서 같

---

* 만화 『내일의 조』의 등장인물로 소년원에 있는 주인공 조를 일류 권투 선수로 키우기 위해 노력한다.

은 사람에게 머리를 맡기면 쓸데없는 대화를 할 일도 없다. 내가 가장 거북해하는 질문인 "무슨 일 하세요⋯⋯?"를 들을 일도 없고, 상대가 과묵한 손님이라고 알고 있기 때문에 말을 걸지도 않으며, "동글동글한 느낌으로요"라는 의미 불명의 주문에도 미용사가 행간의 의미를 파악해서 잘라주는 등 요컨대 편하다.

그런데 이 미용실은 대기 시간이 이상하게 길다. 파마약이나 염색약의 규정 시간을 기다리는 것은 어쩔 수 없지만 여기서는 그냥 기다린다. 해가 갈수록 그 시간이 길어진다. 그리고 나는 해가 갈수록 바빠져서 해가 갈수록 시간이 없다.

시간이 없다는 것과 꼬박꼬박 미용실 가기라는 목표는 양립하지 못한다. 시간이 없는 사람은 대기 시간이 긴 미용실에 가서는 안 되고, 눈부신 여자가 되고 싶은 사람은 아무리 대기 시간이 길더라도 바지런히 미용실에 가야 한다.

시간이 없는 나는 미용실이 뒷전이 된다. 내버려두면 곱슬머리여서 콩트에서 불이 난 뒤의 인물처럼 된다. 흰머리도 있다. 아아, 미용실, 하고 생각한다. 하지만 기다리는 시간을 생각하면 그만 뒷전이 된다. 이 미용실 문제는 나를 몹시 괴롭혀서 차라리 머리를 박박 밀고 싶다고 생각하는 지경까지 이르렀다.

올해가 가려면 아직 몇 달 남았는데도 이미 포부의 난관에 부딪친 것이다.

나는 고민에 고민을 거듭한 끝에 이 10년 넘게 다닌 편한 미용실에 가는 것을 그만두기로 결심했다. 시간이 없지만 바지런히 미용실에 가고 싶다면 대기 시간이 없는 미용실을 찾으면 된다.

오랫동안 다닌 미용실에 이별을 고한 것은 좋지만, 10년이나 그 가게에 머리를 내맡긴 채 살아와서 달리 어떤 미용실이 있는지 하나도 모른다. 미용실을 보는 눈이 없어진 것이다.

이리하여 나는 미용실 방랑자가 되었다. 새로운 10년의 미용실을 찾아 방황하고 있다.

십대 시절에는 잡지에서 본 세련된 미용실을 찾아서 오모테산도나 시모키타자와 같은 곳에 갔지만 이제는 그럴 기력도 시간도 없다. 대기 시간은 지긋지긋하니 붐비는 가게도 질색이다. 하지만 한가해서 파리를 날려도 걱정이다.

재미있게도 미용실이란 머리를 한 번 잘라보지 않으면 판단할 수 없다. 내가 가장 걱정하는 일은 커트 솜씨가 형편없다거나 결과물이 이상하다거나 하는 게 아니라 직업을 묻는 것, 소소한 대화를 요구받는 것, 가벼운 분위기에 맞추기를 강요받는 것이다.

친구가 이사한 동네에서 처음으로 미용실에 갔다고 한다.

결과물이 마음에 들기는 했지만 두 번 다시 가고 싶지 않다고 풀이 죽어 말했다. 무슨 일이 있었느냐고 물었더니 "미용사 평균 연령이 낮아서 다들 경쾌하게 반말을 하더라"는 것이다.

그렇다, 서른 살이 넘으면 그런 것도 불편해진다. 띠 동갑 넘게 차이가 나는 연하의 젊은이에게 "그치~" "진짜 웃긴다~"라는 말을 들으면 왠지 기운이 빠진다. 친한 척하는 반말도 싫다.

하지만 이 모든 것은 가게에 들어가보지 않으면 알 수 없다. "작업실에서 걸어서 갈 수 있고, 대기 시간이 없고, 미용사가 말을 걸지 않고, 무슨 일을 하는지 묻지 않고 넘어가며, 반말도 안 하고, 가벼운 분위기도 아닌 가게……" 하고 중얼거리며 근방을 헤매다 문득 깨달았다.

내가 찾는 건 서서 먹는 메밀국수집 같은 미용실이다. 휙 들어가면 메밀국수가 휙 나오고 모두가 과묵하며 묘하게 험상궂은 분위기. 그것은 그야말로 서서 먹는 메밀국수집이다.

그런가, 나의 이상은 범상치 않은 실력의 미용사가 있는 미용실이나 커트를 잘하는 미용실이 아니라 서서 먹는 메밀국수집 같은 미용실이었나. 뭐랄까, '눈부신 여자가 되자'라는 포부를 밝힌 내가 얼마나 아름다움을 향한 열망이 부족한지를 깨달은 느낌이다.

하지만 이 세상 사람 대부분이 빈도의 차이는 있어도 머리는 자르잖아요? 늙은이 젊은이 할 것 없이 모두가 어느 미용실의 신세를 지고 있다는 뜻이다. 생각해보면 굉장한 일이로구나. 다들 대체 어떤 식으로 미용실이라는 몹시도 성가신 장소와 타협을 맺고 있는 걸까.

미용실 찾기에 지쳐서 또다시 대머리 욕구가 뭉게뭉게 피어오르고 있는 나, 남은 두 달 안에 눈부신 여자가 될 수 있을까……

내년/올해의 포부는
정했나요? 2

어라, 뭔가 이상한데. 내년의 포부를 정한 지 얼마 되지도 않았는데 벌써 연말이라니, 어찌 된 일이람?

정말이지 해가 갈수록 1년이 짧아진다. 초등학생 때만 해도 영원히 올해인가 싶을 정도로 한 해가 길었는데.

하여간 올해는 이미 벌써 끝나간다. 이 시기에 나는 작년 혹은 올해 초에 정했던 포부를 떠올리고는 반성에 잠긴다.

올해의 포부는 '몸치장, 화장에 빈틈없는 눈부신 여자 되기' 였다. 나는 뼛속까지 고지식해서 포부를 지키기 위해 올해는 다양한 일을 했다.

먼저 손수건을 사재기했다. 평소에 나는 손수건을 들고 다니지 않아서(들고 나가는 것을 까먹는다) 곤란한 상황에 처한 적이 매우 많았다. 라멘집이나 엄청나게 매운 카레집이나 백화점 화장실 등등에서 말이다. 출판사 파티 도중 화장실에서 나온 내게 남자 편집자가 손수건을 빌려줬을 때는 약간의 허탈함이랄까, 허무함을 느꼈다. 눈부신 여자는 손수건쯤은 들고 다니겠지. 그래서 까먹고 안 들고 나가기가 불가능할 정도로 손수건을 잔뜩 사재기한 것이다.

기초화장품도 바꿨다. 목욕한 뒤 온몸에 처덕처덕 바르는 크림도 샀다. 미용실도 가능한 한 바지런히 갔다. 화장도 되도록 하고 외출하게 되었다.

그래서 말이죠, 포부는 달성했는지 결론을 말하자면, 못 했습니다. 아무래도 눈부신 여자까지는 아직 갈 길이 먼 것 같군요. 손수건을 들고 다니는 빈도는 전보다 높아졌고 목욕도 매일 했지만 그 외의 화장 관련, 그루밍 관련 사항에서 보기 좋게 좌절했다.

올해는 일도 그렇지만 사적으로도 스트레스 때문에 10엔짜리 동전 크기로 땜통이 생기지 않을까 스스로가 걱정될 만큼 바빴다. 매일매일 시간이 없어서 해야 하는 일이 자꾸만 산더미처럼 쌓여 비명을 꽥 지르고 싶은 나날이었다.

이럴 때 대체 어떤 식으로 움직이는지는 그야말로 사람마다 다를 것이다. 그것은 어쩌면 그 사람의 본질과 관련되어 있을

지도 모른다. 대체 무엇에 시간을 쪼개고 무엇을 생략하는가. 아무리 바빠도 머리카락은 반드시 아름다운 세로 컬을 유지한다는 사람도 있을 테고, 매일 아침 걸레질을 하기로 결심하고 실행하는 사람도 있을 터다. 그러므로 바빠서 못했다는 것은 모조리 변명이다. 나는 본질적으로 그런 일을 못해요, 하는 뜻이다.

올 한 해, 나는 화장도 머리도 점점 아무래도 상관없게 되었다. 특히 이번 하반기에는 화장도 안 해서 입술은 꺼칠꺼칠, 머리카락은 여기저기 뻗친 채 어제 입었던 옷에 팔을 황급히 꿰어 넣고 뛰어다녔다. 그대로 취재도 받고 사진도 찍었지만 그래도 태연했다. 그걸로 괜찮다고 생각하는 게 아니라, '아아, 올해의 포부와 멀어져가는 나……' 하고 마음 아파하지만 '그치만 아무래도 상관없어' 하게 되는 것이다. '그럴 때가 아닌 걸' 하면서.

그리하여 이 눈 돌아가게 바쁜 한 해 동안 내가 무엇에 신경을 썼는가 하면, 밥이다. 바쁘면 밥 먹을 시간도 아까워진다. 재빨리 먹어치우고 싶어진다. 혹은 한 끼 정도는 건너뛰고 싶어진다. 하지만 그러면 안 된다는 강박관념 같은 게 늘 있어서 제대로 밥을 차려서 먹는 것에만 신경 썼다.

두 번, 세 번 연달아 외식을 하면 다음 날 저녁 식사는 반드시 집에서 만든다. 저녁 8시에 녹초가 되어 집으로 돌아와도 두 종류 내지는 세 종류의 반찬을 만들어 먹는다. 왜 이런 짓을 하는 거야? 하며 울고 싶은 심정으로 요리를 한다. 외식이 더 맛있는 경우도 많지만, 그래도 나는 집 밥에 집착했다.

그러니 올해 바빠서 눈부셔지지 못했습니다, 하는 것은 변명이다. 그도 그럴 것이 손톱을 가지런히 자를 시간도 없다면서 비프스튜를 끓이고 있으니까. 목욕한 뒤에 크림을 바를 여유 따위 없다면서 육수에 된장을 풀고 있으니까.

어쩌면 나는 본질적으로 눈부셔질 수 없는 종류의 여자구나, 하고 올해 연말에 절실히 생각한다. 하지만 그렇다고 뭐 됐어, 하며 건방지게 태도를 바꾸는 것도 웬지 슬프니 마음 한구석에서는 늘 눈부셔지기를 소망하고 싶다고 남몰래 생각하지만.

내년의 포부를 생각해봤다. 밸런스다. 이 엉망진창인 나날의 밸런스를 어떻게든 되찾아서 몸치장과 밥을 취사선택하는 것이 아니라 양쪽 다 조화롭게 배치할 수 있는 매일. 내년에는 그런 나날을 보내자.

그나저나 내년 당신의 포부는 무엇인가요? 얼른 정하지 않으면 눈 깜짝할 사이에 내년 연말이 되어버릴 거예요.

여행을 떠나자

旅にでよう。

당신의 진리는
무엇인가요?

진실이나 진리란 요컨대 데이터가 아닐까 요즘 생각한다. 실로 개인적인 데이터의 축적. 그러니 진리(처럼 보이는 것)를 너무 믿으면 안 된다. 그저 데이터일 뿐이니까.

얼마 전 여성지와 인터뷰를 했는데 "불륜에 대해 어떻게 생각하십니까?"라는 질문이 있었다. 불륜, 나는 경험은 없지만 전혀 문제없다고 생각한다. 부정할 마음은 조금도 없다. 의외로 즐겁지 않을까 생각하기도 한다.

하지만……

나의 데이터에 따르면 불륜 끝에 행복을 손에 넣은 사람을 본 적이 없다. 아니, 더 정확히 표현하자면 "나는 지금 상태로 행복해"라고 말하는 사람이 10년 뒤 같은 이유로 "행복해"라고 말할 확률은 전혀 없다고 해도 좋을 정도로 낮다.

"괜찮지 않나 싶어요. 그렇지만 불륜을 통해 행복해진 사람은 딱히 본 적이 없네요" 하고 생각했던 대로 말했더니 인터뷰어 남성이 "그렇지요" 하며 적극적으로 긍정했다. 그 남자 역시 자신의 데이터 속에 그런 예시가 없었던 거겠지.

그러나 이는 때마침 '행복으로 이끄는 불륜' 데이터를 가지고 있지 않았던 두 사람의 진리일 뿐이며, 다른 장소에 가면 다른 데이터, 다른 진리가 있을 터다.

"네가 이렇게 하면 사귈 텐데"라고 말하는 남자가 그 상대방 여자와 사귈 확률은 없는 것이나 다름없다는 데이터도 내 안에 있다. 극단적인 예로 "네가 머리를 기르면 생각해볼게" 따위의 말을 하는 남자는 실제로 그 여자가 머리를 길러도 절대 사귀지 않는다. 데이터랄지, 내게는 경험도 있다. 그 남자가 말하는 대로 해봤지만 사귀어주지 않던걸.

남성 친구 몇몇에게 검증해봤더니 "이렇게 해주면(담배를 끊으면, 술을 좋아하면, 정리정돈을 잘하는 여자가 되면, 등등) 하고 조건을 내거는 시점에서 그 여자와 사귈 가능성은 제로"라고 대부분이 말했다. 이렇게까지 모두의 데이터가 겹치면 그것은 어쩌면 진실에서 사실로 격상될지도 모른다.

'잘난 사람은 잘난 척하지 않는다'라는 데이터도 있다. 요

20년 동안 다양한 직종의 다양한 사람을 만나왔는데, 멋있는 일을 하거나 개인 자체가 멋있는 사람은 정말로 잘난 척을 하지 않는다. 나보다 오래 일을 했고 나보다 50배쯤 사람을 많이 만난 지인 몇몇에게 물어봤을 때 격렬한 동의를 얻었기 때문에 '잘난 사람은 잘난 척하지 않는다'는 내 안에서 이미 거의 사실이 되었다. 반대로 요즘 잘난 척을 하는 사람을 만나면 직함이 아무리 그럴싸해도 왠지 궁색해 보이게 되었다.

하지만 그리 생각하니 조금 무서워지는 점은, 사람이 무언가를 말할 때 그 말이 아무리 진실처럼 들린다 해도 그저 데이터일 뿐이라는 것이다. 그것이 그 사람의 경험이자 세계관이다. 아무 생각 없이 한 말로 자신이 지닌 데이터의 질과 양이 들통나게 된다. 질과 양이 풍성한 데이터라면 또 모를까, 편중되고 빈약한 데이터로 의견을 내세웠다면 몹시 부끄러운 일이다.

3년쯤 전까지 나는 '남자는 반드시 바람을 피운다'라는 대전제로 친구와도, 일로 만난 사람과도 이야기를 나누었는데 왠지 묘하게 대화가 어긋나는 느낌이 들어서 신경 쓰였다. 이는 그야말로 데이터의 차이였다. 나는 그때까지 바람피우는 남자만 사귀어봤던 것이다. 그것은 사실 매우 편향된 경험이었다. 그래서 연애에 대해 말할 때 나는 일반론을 말하고 있다 생각했지만 "애인이 바람을 피웠어요. 그것도 매번"이라는 자신의 경험을 폭로하고 있었던 셈이다. 으음, 어렵다.

내 안의 진리는 결코 세상의 일반적인 진리가 아니라고 최근 생각하게 되었다. 단정하거나 단언하지 말고 살아가자며 주의를 기울이고 있다.

그렇지만 자신의 데이터를 몇 개 은밀히 가지고 있으면 그것은 그것대로 확실히 재미있다. 튜브에 든 와사비 소스를 쓰는 초밥집은 이류라든지, 함께 일을 한 적이 있다며 유명인의 이름만 잔뜩 늘어놓는 사람은 일을 못한다든지, 감기 예방에는 가글이나 다른 무엇보다 오렌지주스라든지, 사람이란 지극히 개인적인 진리를 상당한 비율로 지니고 있는 존재다. 징크스도 결국은 개인적인 진리, 개인적인 데이터니까.

요즘 나의 아무래도 좋은 진리.

아이돌 누구누구가 귀엽다며 엄청 난리를 피우는 사람은 의외로 얼굴을 따지지 않는다. 아무래도 좋은 일이지만 내 안에서는 묘하게 데이터 많음.

남의 대화에 귀를 쫑긋
세울 때가 있나요?

바로 그저께, 역 건물 지하로 점심을 먹으러 갔을 때의 일.

카운터에 앉은 내 옆에 수수께끼의 2인조가 있었다. 한 사람은 쉰 살쯤 되어 보이는 아저씨. 다른 한 사람은 아무리 봐도 스무 살 언저리인 아가씨. 어떤 관계인지 전혀 모르겠다. 부모 자식이라기에는 거리감이 있고, 일로 얽힌 사이라기에는 뭔가 분위기가 달콤하다. 하지만 연인으로도 보이지 않는다.

이 아저씨는 뭐랄까, 좋은 의미로 나쁜 남자 스타일이다. 느슨한 분위기에 차림새도 단정치 못하다. 그리고 말투가 굉장히 부드럽다. 마치 유치원생에게 말을 거는 양 상냥한 어조로 이야기한다. 주문할 때도 그랬으니 분명 온화하고 다정한 사람이 겠지.

여자는 마치 디자인 학교 학생 같다. 옷차림도 화장도 젊은 디자이너 같다. 그리고 인형처럼 귀엽다.

어떤 사람들인지 궁금해하며 나는 홀로 규탕* 정식을 먹었다. 들을 생각은 없었지만 자리가 가까워서 두 사람의 대화가 귀에 들어온다. 어떤 관계일까 어쩐지 흥미가 동해서 나도 그만 듣고 만다.

하지만 딱히 특별한 이야기는 하지 않는다. "보리밥은 몸에 좋죠"라는 여자. "응, 응, 몸에 좋지"라는 아저씨. "앗, 이 국 엄청 맛있다. 먹어봐. 맛있으니까"라는 아저씨. "와~ 정말이네~ 맛있어~" "그치, 그치, 맛있지." 내내 이런 식이다.

그러다 아저씨가 갑자기 심각한 목소리로 "나 말이야" 하고 말했다. "나 말이야, 무진장 후회하는 일이 있어"라며 여자에게 뭔가를 털어놓으려 한다. 내 흥미의 안테나도 뽕 튀어나왔다. 뭔데, 뭔데, 뭔데, 후회라니 뭔데?! 자연스레 귀를 쫑긋 세우게 된다. "왜, 얼마 전에 고기집 갔잖아." "응, 갔죠." "그때 나 김치 주문하는 거 까먹었어." "아, 듣고 보니 그러네요." "김치 좋아한다고 했잖아. 근데도 그때 주문하는 걸 까먹어서 말이야, 나 계속 후회하고 있어."

---

* 소의 혀를 구운 요리.

나는 휘둥그레진 눈으로 두 사람을 쳐다보고 말았다. 후회하는 게 김치냐. 그렇게 생각하는 한편, 이 얼마나 귀여운 대화인가 감탄하기도 했다. 아저씨는 분명 여자를 좋아하는 것이다. 푹 빠진 게 틀림없다. 여자가 좋아하는 김치 주문을 까먹어서 후회한다니, 정말이지 얼마나 귀여운가.

두 사람 사이에 존재하는 것이 실제로 사랑인지 아닌지 확인도 못 하고서 나는 가게를 나왔다. 그리고 생각했다. 우리의 대화란 참으로 엄청나게 시시하구나. 시시한 대화를 열심히 나누며, 그렇게 상대와 서로 연결되는 거구나.

역으로 걸어가며 두 달쯤 전, 마찬가지로 나에게 들려온 타인의 대화를 떠올렸다.

장소는 병원. 나의 가족이 입원했는데 의사로부터 본인에게 할 수 없는 이야기가 있으니 와달라는 호출을 받고 비를 뚫으며 외출했다. 본인에게 할 수 없는 이야기라면 나쁜 이야기, 그것도 상당히 심각하게 나쁜 이야기라는 것을 누구든지 안다. 비도 오지, 춥기도 춥지, 나는 암담한 기분으로 대기실에 앉아 의사에게 이름이 불리기를 기다리고 있었다.

그때 나와 함께 대기실에서 순서를 기다리던 노인에게 지나가던 간호사가 말을 걸었다. "어머, 오늘은 혼자 오셨어요? 사모님은 안 오세요?" "아, 오늘 아내는 치과요." 노인은 웅얼웅

얼 대답했다.

그러자 간호사가 "어머, 치앙마이 가셨어요? 좋겠다, 그러면 ○○씨는 집을 지키시겠네요?" 하며 생글거리며 물었다. "집이야 지키지." 노인은 대화의 어긋남을 눈치채지 못했다. "그나저나 치앙마이라니, 대단하시네요. 혼자 가셨어요?" 간호사는 쾌활하게 물었다. "어엉?" 노인은 겨우 알아차리고 "치앙마이이?" 하며 의아한 표정으로 되물었다. "치앙마이에는 아무도 안 갔소. 치과에 갔지." "어머나, 치과였어요? 치앙마이인 줄 알았지 뭐예요." 간호사는 깔깔 웃었다.

이때 나는 고개를 숙이고 있는 힘껏 웃음을 참았다. 이제부터 굉장히 심각하게 나쁜 이야기를 혼자서 들을 참인데, 울면서 여기까지 왔는데, 노인과 간호사의 대화가 너무도 우스워서 콜라 거품처럼 웃음이 보글보글 샘솟는 것이었다. 그 웃음의 거품은 그때 나에게 희망 그 자체였다. 가장 신뢰할 수 있는 희망.

이때도 나는 생각했다. 사람의 대화란 정말로 바보 같아. 바보 같고 의미도 없고 시시하고 중요한 건 언제나 전해지지 않고, 하지만 너무 따뜻해. 그렇게 생각했다.

그날 나는 그 노인과 간호사의 우스운 대화를 듣지 않았다면 절망밖에 느끼지 않았을 것이다. 얼핏 귀에 들어온 타인의 대화의 자투리가 틀림없이 그날의 나를 구원했다고, 지금도 생각한다.

남의 대화에 귀를 쫑긋 세우는 행동은 다소 예의에 어긋나지만, 멋대로 들려오는 대화는 분명 우리에게 건네는 말인지도 모른다고, 그런 생각이 들기도 한다.

잘하는 것과 못하는 것은
무엇인가요?

다른 것은 지극히 남들과 비슷한 수준으로 할 수 있는데 이것만큼은 아무래도 못하는, 이상할 정도로 못하는 일이 다들 한두 개쯤 있지 않을까.

나는 못하는 게 많다. 정리정돈도 잘 못하고 기계에 관해서도 서투르며(특히 컴퓨터. 바로 어제 집에서 쓰는 컴퓨터가 어째서인지 모든 데이터를 지우고 새 버전이 되어서 공연히 침울해하는 참이다), 손톱 손질 같은 것도 거의 못한다. 하지만 그런 건 '평범하게 못하는' 일이다. 못하는 이유도 정확히 알고 있다.

더 못하는 게 있다. 이유도 잘 모른다. 이상하다는 것을 스스로 안다.

바로 '답장해야 하는 것에 답장하기'다.

결혼식이나 파티 등의 출석 여부를 묻는 엽서도 그렇고, 업무 관련해서는 "무엇 무엇(전재라든지 발췌라든지)을 허가한다 · 하지 않는다"에 동그라미를 쳐서 반송하거나 계약서에 내 이름을 써서 반송하는 등의 일 말이죠. 우편물에 미리 반송 엽서나 반송 봉투가 들어 있어서 뭘 조금 써서 다시 보내기만 하면 되는 일이 아무리 해도 안 되더군요.

어째서인지 옛날부터 못했다. 난 못해, 하며 뻣뻣하게 구는 것은 아니다. 언제나 마음 한구석이 괴롭다. 괴로운 기분은 엄청난 스트레스가 된다. 나 자신이 나쁜 것이므로 자가 중독이 아닌 자가 스트레스다. 이 스트레스가 싫어서 한때는 모든 반송해야 할 것을 무시하기로 마음먹은 적도 있었다. 처음부터 안 봤던 셈 치자 하며 출석 여부를 묻는 엽서를 버리기도 했다. 버리면 잊어버리니까 확실히 스트레스는 줄어들었다.

그러나 반송 엽서를 보내지 않는 행위가 얼마나 큰 죄악인지 깨달은 것은 내가 결혼식 피로연의 간사를 맡았을 때다. 이때 나는 직접 반송 엽서를 만들고 봉투에 넣어서 이백 명 정도에게 보냈다. 며칠까지 답장을 보내주세요, 하고 적었는데 그 날짜가 다가와도 반송 엽서는 절반 정도밖에 되돌아오지 않았다.

여기에는 엄청나게 곤란했다. 가게 측에는 몇 명이 온다고 되도록 정확히 알려줘야 한다. 신랑 신부는 답례품 대용 선물을 준비하는 모양이니 이 또한 되도록 정확한 숫자를 알려주고 싶다. 인사해야 할 사람도 정해야 하고 거스름돈*도 준비해야 한다. 온다는 답장을 백 명에게 받았는데 당일 이백 명이 오면 야단법석이 벌어진다.

하지만 다들 나보다는 제대로 된 사람들인지 답장 마감일에는, 혹은 늦어도 그 며칠 뒤에는 거의 모두에게서 엽서가 되돌아왔다.

이때 나는 진심으로 반성했다. 출석 여부를 묻는 엽서를 무시하는 것도 꽤나 심한 짓인데 심지어 버리다니 말도 안 된다. "못해"라고 단언하기 때문에 더더욱 못하게 된다. '하도록 하자'라고 단단히 마음먹어야 한다.

그 뒤로 격렬하게 노력하고 있다. 가장 좋은 것은 '그날 안에'다. 봉투를 뜯었을 때 반송해야 할 것이 들어 있으면 그 즉시, 원고를 쓰는 도중이라도 화장실을 참고서라도 어쨌거나 즉시 동그라미를 치거나 이름을 쓰거나 도장을 찍은 뒤 봉해서 현관에 놓아둔다. '내일 하지 뭐'라고 생각하면 그 내일이란 영원히 오지 않는다.

---

* 일본의 결혼식 피로연은 보통 회비제로 진행되어서 주최 측은 손님이 낸 회비에 대한 거스름돈을 미리 준비해둔다.

이로써 웬만큼 답신할 수 있게 되었지만, 그럼에도 하는 일에 걸맞지 않은 노력이 필요하니 왠지 허무하다. 반송 엽서 따위로 갖은 고생을 하다니 정말로 허무하다.

하지만 이런 나도 남들보다 더 잘하는 것이 있다. 바로 '그만두지 않기'다. 나는 그만두지 않는 것이 특기다.

헬스장만 해도 다닌 지 3년째랍니다. 일주일에 이틀(바쁠 때는 하루)씩 제대로 근력 운동을 하고 50분 정도 뛰고 있답니다. 복싱 체육관으로 말할 것 같으면 벌써 6년째랍니다. 운동신경이 없어서 실력이 전혀 늘지 않는 데다 해가 갈수록 더더욱 힘에 부치지만, 그래도 매주 꼬박꼬박 다닌 지 6년. 나의 지인 대다수가 헬스장에 다니다가 나중에는 연회비만 내는 몹시 사치스러운 짓을 한 뒤 그만둬버리는 모습을 보던 중 '나는 어쩌면 그만두지 않는 데 있어서는 남보다 더 뛰어날지도 몰라' 하는 생각에 이르렀다.

그만두지 않는다는 것은 '계속한다'는 적극적인 자세와는 조금 다르다. 무언가를 시작할 때 나는 엄청나게 커다란 결의를 하고 무거운 몸을 일으키기 때문에, 일단 시작하면 이번에는 그만두는 것이 귀찮아진다. 그래서 나의 '그만두지 않는다'는 게으름의 결과일 뿐이지만 그래도 뭐, '그만두지 않는' 대상이 운동 같은 것일 때는 나쁘지 않다.

어? 이 글을 쓰다 깨달았는데, 반송 엽서를 못 보내는 것도 시작한 일을 못 그만두는 것도 둘 다 게으름이 낳은 결과인가? 그렇다는 것은 나는 남들보다 더 게으르다는 이야기가 되나? 꽤나 슬픈 결론이 되어버렸네.

아줌마에 대해
생각하는 바가 있나요?

　다음은 저 자신도 아줌마의 연령대에 속해 있다는 사실을 자각하고서 씁니다.

　일반적으로 아줌마라는 인종이 지니고 있는 특질―붙임성 있음, 덜렁거림, 태평함, 타인과의 경계선이 몹시 애매함, 때때로 엉뚱하게 쾌활함―을 좋게 생각할 때도 있고, 그런 면에 도움을 받은 적도 있으며, 내 안에서도 그런 부분이 싹트기 시작했다는 것은 부정할 수 없지만, 그 특질이 몽땅 부적절해지는 장소가 있다고 생각하지 않으시나요.

　예를 들면 우리 동네에 있는 모 슈퍼마켓.

　이곳은 2년 전쯤 어째서인지 갑자기 파트타이머 아줌마가 늘었다. 불경기와 관련이 있는지도 모른다. 식품 매장 계산대에도 일상용품 계산대에도 일을 갓 배운 아줌마뿐. 그리고 왠지 이제껏 살면서 일을 한 번도 해본 적이 없는 듯한 사람뿐이었다.

손님이 올 때까지 아줌마들끼리 재잘재잘 수다를 떤다. 카운터에 상품을 올려놓아도 수다에 몰두한 나머지 눈치채지 못할 때도 있다. 금전등록기에 금액을 입력하는 것도 꾸물꾸물, 상품을 봉투에 넣는 것도 꾸물꾸물, 손님이 초조해해도 그 기색을 전혀 읽지 못한 채 "어머나, 큰일이네~ 안 들어가~"하며 순수한 얼굴로 깔깔 웃는다.

언젠가 나는 콘트렉스* 페트병 12개들이 두 박스 주세요, 하고 말했는데 이러한 아줌마, "네에, 네에" 하며 콘트렉스 페트병 하나를 계산대 기계에 통과시킨다. 그리고 무언가 찰칵찰칵 금전등록기를 만지더니 "1200엔입니다"라고 태연자약하게 말한다. "그럴 리 없어요." 나는 친절하게 알려드렸다. 한 병에 290엔인 페트병 12개들이가 두 박스, 즉 24개인데 무엇을 어떻게 하면 '1200엔'이 될까. 그런데 아줌마는 "어어~ 근데요" 하며 소녀처럼 곤란한 얼굴로 나를 본다. "보세요, 이거 한 병에 290엔이잖아요. 그걸 24병 사는데 그런 가격일 리 없어요."

---

* 프랑스의 생수 상품명.

나는 차근차근 설명했다. 그러자 아줌마는 고개를 돌려 옆 계산대에 있던 다른 아줌마에게 "이 사람이 이런 가격일 리 없다는데에~" 하고 호소한다. "어, 뭔데, 뭔데?" 계산대에서 나오는 다른 아줌마. "이걸로 이렇게 해서 입력했더니 1200엔이 나왔단 말이야." "어머, 정말이네. 그럼 1200엔 아냐?"

저기 말이죠, 저는 1200엔이라도 전혀 상관없답니다. 대폭 할인해주셔서 고마울 정도예요. 하지만 뭔가 뒷맛이 개운치 못하잖아. 들키면 아줌마가 혼나잖아.

"그러니까 계산해보세요, 이거 한 병에 290엔이잖아요, 곱하기 24니까 7000엔쯤 될 거예요." 설명해도 아줌마 분들은 멀뚱히 서 있다. 점점 짜증이 났다. 이 층에 아줌마 말고 다른 인종은 없나 싶어서 주위를 둘러봤더니 이변을 눈치챈 듯한 남성 점원이 다가왔다. 나는 다시 설명했다. 그러자 그것을 남성 점원이 아줌마에게 설명한다.

나의 설명으로는 전해지지 않았던 진실도 남성 점원의 입에서 나오면 아줌마는 이해한다. 이만큼 기다리게 했으니 사과 정도는 하겠거니 생각했는데 아줌마 둘은 "꺄~핫핫핫핫!!!!" 하고 웃음을 터트렸다. "어머, 어머, 진짜네." "1200엔일 리 없네." "어디를 어떻게 누른 거야?" "그러니까 이 버튼을 말이야." "아, 그래서 틀렸구나." "정말, 정말." 그러더니 겨우 고개

를 들고는 "6960엔입니다" 하고 가게 놀이라도 하는 양 점잔
빼며 나에게 말하는 것이었다.

이때 나는 생각했다. 이 아줌마들을 어디 다른 곳에서 만났
다면 나는 틀림없이 좋아했겠지. 다른 곳, 가령 역 대합실이나
긴 행렬 속이나 지갑을 잃어버려서 울고 싶을 때나.

하지만 그곳은 어쨌거나 슈퍼마켓이었고 나는 시간이 없는
쇼핑객이었으며 아줌마는 계산대 점원이었다.

이런 일을 떠올리는 이유는 방금 전 점심을 먹으러 간 가게
에서 척척 일하는 젊은이들 틈에 아줌마가 한 명 섞여 있었기
때문이다.

이 아줌마 역시 순도 백 퍼센트의 아줌마였다. 주문한 메뉴
(참고로 솥밥 정식)가 늦게 나오네, 하며 초조해하던 중 쟁반을
들고 "이거 손님 거예요? 손님 아녜요? 어머, 아니에요? 이상
하네. 그럼 손님?" 하며 테이블을 하나하나 돌고 있는 아줌마
의 모습이 눈에 들어왔다. 그것은 아무리 봐도 내가 주문한 메
뉴였다.

그 메뉴는 무사히 나에게 도착했지만 이번에는 솥밥을 푸는
주걱이 없다. 나는 젊은 점원이 근처에 오기를 기다려 "저기
요" 하고 말을 걸었지만 "네네, 뭔가요?" 하며 아줌마가 먼저
알아차리고 다가왔다. "주걱이……"라고 말하자 "아하핫" 쾌

활하게 웃으며 주방에서 주걱을 가져왔다.

가져온 것은 좋지만 손잡이를 움켜쥐고 밥을 푸는 쪽을 나에게 내밀며 "자요" 하며 웃는다. 머뭇머뭇 못 받고 있었더니 솥밥 위에 주걱을 올려두고 "후-후-후, 이러면 돼요?" 하며 아줌마는 해맑은 얼굴로 미소를 지어 보였다.

이 아줌마도 어디 다른 곳에서 만났다면 나는 몹시 좋아했을 것이다. 가령 우편물에 수신인 주소와 이름을 적어 넣는 아르바이트 같은 것을 함께 했다면 엄청 재미있지 않을까 생각한다.

아줌마의 미덕이 미덕이 아니게 되는 장소가 있구나. 나도 한 사람의 아줌마로서 명심하자고, 솥밥 정식을 다 먹고 생각했다.

5년 뒤의 밥값과 오늘의 밥값, 어느 쪽이 중요한가요?

아시아 나라들을 여행할 때마다 생각하는 점이 있다. 바로 장사를 잘 못하는 사람이 많다는 것.

이를테면 어디에나 있는 바가지 택시. 실제로는 지정한 장소까지 백 엔 정도인데도 일본인으로 보이면 곧장 5백 엔을 요구하는 조촐한 바가지다. 혹은 70엔짜리 주스를 팔면서도 역시 관광객으로 보이면 즉시 150엔을 달라고 하거나.

대수롭지 않은 금액이고 깎거나 화를 내는 것도 바보 같으니 달라는 대로 주는 사람도 많지만 나는 이런 게 딱 질색이다. 이상하리만치 열 받는다. 그래서 100엔, 200엔의 차액에 대해 꼴사나울 정도로 으르렁으르렁 소란을 피운다.

이럴 때 생각한다. 이 작자, 장사 하수로군. 그도 그럴 게

100엔짜리에 500엔을 요구해도 눈치채지 못하고 돈을 내는 사람, 귀찮아서 돈을 내는 사람이 있겠지만 그런 건 그저 한 번뿐인 요행이다. 바가지를 썼다는 사실을 알아차리면 손님은 앞으로 두 번 다시 그 가게도 숙소도 택시도 이용하지 않는다.

만약 정가를 정직하게 청구했다면 관광객은 그 사람을 믿을 테고 그 가게에는 몇 번이나 들를 것이다. 택시도 몇 번이고 이용할 것이다. 혹은 다른 곳을 믿을 수 없을 경우 멀리 돌아가더라도 그 가게를 선택할 것이다.

딱 한 번 푼돈을 벌기 위해 신뢰를 잃는 것보다 정가로 신뢰를 얻는 편이 장기적으로 볼 때 반드시 이득 아닌가. 특히 일본인은 인정에 약하니 성실하게 대해주는 호텔이나 레스토랑이나 택시나 여행 대리점을 발견하면 다른 여행자에게도 추천하거나 가이드북에 투고해서 성실함에 제대로 보답하는 사람이 많다.

게다가 자유여행의 경우 이런 입소문에 기대어 돌아다니는 사람이 의외로 허다하다. 이렇게 말하는 나도 현지에서 사귄 여행자로부터 어디어디의 대리점은 믿을 수 있다거나 어디어디의 가게는 맛에 비해 가격이 양심적이라거나 이 동네로 간다면 숙소는 이곳이 좋다는 식의 정보를 듣고 실을 따라가듯 여행을 한다. 물론 그 반대도 있다. "여기는 절대로 가면 안 돼"라는 정보도 정확히 들어온다.

언제였던가, 모로코의 사막을 여행했을 때 자칭 가이드가 끈질기게 따라붙었다. 그는 공책을 들고 있었는데, 거기에는 일본인과 서양인 등 어쨌든 그에게 가이드를 받았다는 여행자의 코멘트가 빼곡하게 적혀 있었다. 심심풀이로 그 공책을 봤더니 어느 일본인이 커다란 글씨로 쓴 문장이 보였다. "이것을 본 사람은 절대로 이 자를 믿지 마시오!" 무슨 말이 쓰여 있는지 모르는 그는 의기양양하게 "이 사람은 일본인이었는데 지금도 친구예요"라는 둥 거짓말을 거듭했던가.

그에 비하면 일본인은 정말로 장사를 잘 한다고, 여행에서 돌아오면 늘 생각한다. 범죄에 가까운 장사는 제쳐두고, 지극히 일상적인 장소에서는 바가지를 씌워서 한 번뿐인 이익을 취한다는 단기적인 사고방식이 아주 드물다. 택시를 탈 때도 식사를 할 때도, 그래서 우리는 딱히 신경을 곤두세우지 않아도 된다.

요 15년 정도 그렇다고 생각해왔는데 요즘 들어 그 생각이 조금 바뀌었다. 아시아 상인 같은 일 의뢰가 최근 갑자기 늘었기 때문이다. 100엔짜리를 500엔으로 강매한다고밖에 볼 수 없는 의뢰.

문학상이라는 것을 장사 도구로 여기는 사람은 의외로 많은 듯하다(작가의 장사 도구가 아니라 자기네 장사 도구로 생각하는 사람들. 따라서 그들에게는 나 역시 장사 상대다). 어쨌거나 있는 것을 모아서 물 들어올 때 책을 내라, 분량이 모자라지만 일단 내라, 연재 중이지만 이제까지 쓴 것은 내라, 하는 날림 기획이라든가 자기네 사정만 고려한 출간 일정이라든가. 전혀 다른 이름에 선생님이라는 호칭만 붙여서 의뢰서가 왔을 때는 피식 웃고 말았다. 정말이지 너무도 아시아스럽다. 무책임함, 허술함, 초超단기적 사고방식, 게으름, 아시아의 나쁜 점만을 멋들어지게 모아놓은 느낌. 그러고 보니 일본도 아시아였지, 하고 새삼스레 떠올린 참이다.

이제까지 내내, 굉장히 정성스럽게 일을 하는 사람만 만나왔다. 한 권의 책을 만드는 데 얼마나 많은 시간과 노력이 필요한지 나는 15년에 걸쳐 알아왔다. 아마도 그런 일을 함께 해준 사람들을 보고 나는 '오늘의 밥값보다 5년 뒤의 밥값을 내다보는 일을 하자'라고 생각하게 된 것 같다. 물론 밥값이란 이 경우 돈이 아니다. 더 커다란 무언가, 신뢰 같은 것이다.

날림공사 같은 방식으로 당장을 넘기는 것보다, 지금 아무리 힘들어도 미래로 이어지는 형체 없는 무언가를 만드는 것이야말로 일이라고 배워왔다.

너무도 난폭한 날림 작업이나 의뢰를 하면 필자로부터도 독자로부터도 신뢰를 잃을 거예요, 하며 화가 난다기보다 왠지 걱정스러운 마음이 들지만, 잘 생각해보면 아시아의 그 바가지 상인들은 오늘만 좋으면 1년 뒤 따위는 아무래도 상관없을 것이다. 오늘 여행자로부터 50엔을 갈취하는 것이 중요하며, 내일은 내일대로 또 새로 그 동네에 온 누군가에게 바가지를 씌우면 된다고 생각하는 그들이 바라는 것은 신뢰가 아니라 오늘의 밥값 정도다. 그와 마찬가지로 괴상한 일이나 의뢰를 하는 사람들에게 1년 뒤, 2년 뒤, 앞으로의 나 따위는 의미도 가치도 전혀 없다. 어쩌면 의지나 기호를 가진 살아 있는 인간으로조차 보이지 않을 수도 있다.

요 몇 년 동안 아시아를 여행하지 않아서 때로는 그 태평한 바가지 상인들, 장거리 버스에서 내리자마자 우르르 몰려와 "깨끗하고 뜨거운 물이 나오고 조용하고 번화가와 가까운 5달러짜리 숙소!" 따위의 새빨간 거짓말을 늘어놓는 호객꾼들을 그립게 떠올리지만 뭐, 일본에서는 만나고 싶지 않다. 얽히고 싶지 않다.

당신은 수렵형인가요,
농경형인가요?

　연애의 장에서 여자는 수렵형과 농경형으로 나뉜다. 정말이지 엄청나게 명확하게 나뉜다.

　수렵형은 좋아한다는 마음을 깨달으면 즉시 그것을 상대에게 전하러 간다. 만난 그날이든 두 번째 데이트든 좋아해요, 하고 대놓고 말한다. 그 떳떳함은 나에게 창을 들고 사냥감을 뒤쫓다가 움직일 낌새를 느끼면 곧바로 조준해서 던지는 수렵민족을 연상시킨다.

　농경형은 반대로 먼저 좋아한다고는 절대로 말하지 않는다. 좋아하는 남자에게는 손톱만큼도 호감을 내비치지 않지만, 서서히 자잘한 것부터 거리를 좁혀나가 상대에게 좋아한다고 말하게 만든다. 비가 오면 모종을 비닐로 덮고 맑은 날이 이어지면 부지런히 물을 주며 잎이 나고 줄기가 자라는 것을 매일같이 관찰하는데, 그 강한 끈기는 아무리 봐도 농경민족이다.

나는 후자다. 농경민족의 입장에서는 사냥감을 발견하면 창을 들고 달려가는 순발력 좋은 수렵민족은 이해가 안 되긴 해도 깊이 존경할 만하다. 내 오랜 친구 가운데 완벽한 수렵형이 있는데, 십대 시절부터 좋아하는 상대에게는 과감한 공략을 계속했다. 옆에서 보기에는 아무래도 확률이 낮다. 그도 그럴 게, "좋아해"라는 고백 뒤에는 대답이 두 종류밖에 없으니까. 즉 "나도 좋아해" 혹은 "나는 안 좋아해". "잘 모르겠어"라는 대답도 있지만 이것은 내가 보기에는 "안 좋아해"에 속한다. "잘 모르겠어"를 "안 좋아해"로 분류하면 거의 70퍼센트가 자폭이다. 수렵형이 좋아한다고 선언하는 시기는 그야말로 만나자마자라서 상대 입장에서는 판단할 재료가 없기 때문이다. "잘 모르겠지만 사귀어보자"라는 모험심 넘치는 남자는 의외로 적다.

실제로 그 친구는 자폭의 연속이었다. "잘 모르겠어"가 "나도 좋아해"로 뒤집히기란 엄청나게 어렵다. 고백한 뒤에는 서로가 의식하게 되어 저절로 거리가 생겨버리니까.

이십대 시절 나는 친구의 수렵 태도에 경의를 품었지만, 너무도 자폭이 계속되는 통에 차마 눈 뜨고 볼 수 없어서 농경민족으로 옮겨오기를 권했다. 그편이 확실히 성공률이 높다고 설득하며 농경형의 거리 좁히기 기술을 전수했던 것이다.

그 기술이란 요컨대 절대로 먼저 고백하지 않기. 손톱만큼도 호감을 내비치지 않기. 그 남자가 참석하는 술자리에는 반드시 가기. 자신이 참석하는 술자리에도 반드시 그를 부르기 (누군가에게 불러달라고 한다). 술자리에서는 어디까지나 자연스럽게 옆자리를 차지하기. 상대의 이야기를 잘 들어주기. 대단하다고 칭찬하며 취향을 분석하기. 자신에게도 같은 취미가 있다고 어디까지나 자연스럽게 강조하기.

농경형은 위와 같은 상황이 반년 이어지든 1년 이어지든 꽤나 태평하다. 밭을 가는 거니까. 그 이상 시간이 지나도 싹이 날 기미가 안 보이면 다른 밭을 갈러 갈 뿐이다.

그래서 내 친구는 전수받은 농경법을 실천해봤다. 사냥감을 뒤쫓아 창을 던지지 않고, 곡괭이를 들고 날마다 밭을 가는 일에 도전했던 것이다.

친구와 친구가 마음에 둔 사람이 참석한 술자리에 나도 간적이 있어서 농경법을 실천하는 그녀를 자세히 관찰했더니 굉장히 벅차 보였다. 나의 조언대로 그의 옆에 앉아서 이야기를 듣고는 있었지만 이런 답답한 짓은 하고 앉아 있을 수 없다는 바작바작 타들어가는 기분이 짙게 드러나는 것이었다. 바작바

작은 점차 안달복달로 변했고, 친구가 내뿜는 묘한 에너지 때문에 그 자리의 분위기가 뭔가 나빠지기까지 했다.

그럼에도 친구는 애썼다. 지극히 평범한 술자리인 양 그 남자 이외의 사람들과도 이야기를 나누었고, 그에게는 호감을 손톱만큼도 내보이지 않은 채 안달복달을 필사적으로 숨기면서 (배어 나오긴 했지만) 다음 술자리를 약속했으며, 그가 온다는 것을 확인한 뒤 해산했다.

그 뒤 바작바작 안달복달하면서도 친구는 농경형으로서 애썼다. 그렇게 반년이 지나고 1년이 지나 옆에서 보기에는 '이건 확실히 잘 되겠지' 싶은 시기가 되었지만, 나는 그녀와 그가 연인으로 발전할 길이 없는 친구 사이가 되었다는 것을 깨달았다. 친구가 그의 연애 상담을 들어주고 앉아 있었으니까. 맙소사. 그것은 농경형에게는 없는 전개였다.

요즘 들어 생각하는 점은 수렵형, 농경형이란 어쩔 도리 없이 수렵형, 농경형이라서 본인의 방식으로 연달아 자폭했다거나 다른 쪽이 성공률이 높을 듯하다는 등의 이유로 자신에게 안 맞는 방법을 써봤자 100퍼센트 실패한다는 것이다.

덧붙이자면 친구는 그 몇 년 뒤 역시 창을 던지듯 다른 사람을 과감히 공략해서 곧바로 결혼했다. 나는 그것을 수렵형 결혼이라고 부른다.

나 같은 농경형 여자가 극히 드물게 수렵형 흉내를 낼 때도 있는데(서른여덟 해 동안 실은 딱 한 번), 이 역시 보기 좋게 실패했다. 요전에 나와 비슷한 농경형 여성과 인생에서 드물게 저지른 수렵형 연애의 실패담에 관해 이야기를 나누어보니 놀라울 정도로 서로 비슷해서 경악했다. 농경민족이 수렵에 나서면 어떤 뼈아픈 실패가 기다리는가. 이에 대해서는 또 기회가 있으면 그때 소곤소곤 알려드리겠어요.

쇼와의 느낌,
기억하나요?

담화실 다키자와가 이달 말에 문을 닫는다고 한다.

아시나요? 담화실 다키자와. 신주쿠나 이케부쿠로 등지에 있는 체인점 찻집으로 커피 한 잔에 천 엔, 몇 시간 있어도 괜찮아서 약속이나 회의 장소로 곧잘 이용하고, 가게 안에 강이 흐르고 잉어가 헤엄치는 그 담화실 다키자와 말이에요.

내가 처음으로 다키자와에 간 것은 13년쯤 전인데 들어가자마자 몹시 기가 질렸다. 뭔가 여러 가지가 뒤죽박죽이었다. 초록색 카펫에 형광등은 마작장 같았고, 징검돌에 강에 잉어는 일본풍 료칸 같았으며, 웨이트리스의 하얀 앞치마는 어쩐지 지나간 시대를 연상케 했고, 분위기로 봐서는 인기 있을 것 같지 않은데도 자리는 꽉 차 있고, 손님 나이대도 놀라울 정도로 제각각이고.

이때는 취재를 받기 위해 따라갔는데 가게 안을 둘러보니 우리처럼 테이블 한가운데에 녹음기를 둔 인터뷰어와 인터뷰이가 우리 말고도 잔뜩 있었다. 과연 취재하기에 좋은 가게라서 음악이 흐르지 않아 조용했지만 그렇다고 쥐죽은 듯 고요한 것은 아니라서 느긋하게 대화를 나눌 수 있었다.

얼마 전 편집자가 취재를 요청하며 다키자와가 곧 문을 닫으니 꼭 다키자와에서 보자고 했다. 그래서 오랜만에 갔다.

들어가서 또 깜짝 놀랐다. 아무것도 변한 게 없다. 가게 안에서만 시간이 멈춘 느낌. 여전히 붐빈다. 취재팀도 여기저기에 있고 테이블에 원고를 펼쳐두고 회의를 하는 그룹도 많다. 젊은 커플의 모습이 이 찻집에서는 아주 붕 떠 보인다. 하얀 앞치마 차림의 웨이트리스는 예의가 발라서 물을 몇 번이나 채워준다.

취재를 받으며 이 기묘한 분위기는 쇼와* 특유의 것이라는 생각이 들었다. 시대가 쇼와일 때는 아무 생각이 없었는데, 쇼와란 이제와 돌이켜보면 가장 촌스러운 시대가 아니었나 싶다. 그 앞 시대에서는 흔들리지 않았던 미학이 패전에 의해 격렬

---

* 1926~1989년의 일본 연호.

하게 흔들렸고, 그 뒤로 이어진 고도성장기에는 그것이 먼지처럼 사라져버리지 않았는가. 어디까지나 개인적인 느낌이지만. 가야마 유조가 연기한 〈젊은 대장〉* 시리즈를 보면 미학의 전환과 소멸의 과정이 영상으로 이해된다.

담화실 다키자와의 징검돌과 잉어와 하얀 앞치마와 형광등과 소파의 조합, 이는 그야말로 쇼와다. 나는 헤이세이**보다 쇼와를 살았던 시간이 더 길어서 그런 장소에 앉아 있으면 왠지 모르게 마음이 편안해진다. 이런저런 추억이 떠오르기도 하고.

헤이세이라는 시대는 이 촌스러움을 서서히 배제해나가려 한다. 촌스러움만이라면 상관없지만, 어떤 일을 하는 데 들이는 수고로움이나 얼핏 무익해 보이는 요소들까지 함께 없애려 한다. 그러면 여운이나 빈틈도 자연히 함께 배제되고 만다.

얼마 전 자동개찰구에서 퍼뜩 깨달은 점이 있다. 자동개찰구 앞에는 많은 사람들이 늘어서 있으니 모두가 착착 순조롭게 들어가면 좋겠지만, 가끔 잘못된 정기권이나 목적지를 지나친 표를 넣는 사람이 있어서 대열이 갑자기 멈추는 경우가 있

---

* 영화사 도호에서 1961년부터 1971년까지 제작한 희극 영화 시리즈. 고도경제성장기 대학생의 사랑과 스포츠를 그렸다.

** 1989~2019년까지의 일본 연호.

다. 자기 바로 앞 사람이 그렇게 해서 발이 붙들리면 '쳇' 하고 생각하지 않나요. 딱히 급하지 않을 때라도 '쳇' 하고 생각하는 이 감각은 자동개찰구가 생기지 않았다면 느끼지 않았을 것이 아닌가. 그리고 휴대전화를 잃어버렸을 때 머릿속이 새하얘지는 막막한 공포. 이 역시 집 전화 시대에는 없었던 종류의 감각이다.

물론 조바심이나 공포 같은 감각은 원래 알고 있지만, 자동개찰구에서의 '쳇'이나 휴대전화를 못 찾을 때의 막막함은 예사 느낌과는 미묘하게 다르다. 뉴 막막함, 뉴 공포라고 이름 붙여도 좋을 무언가인 듯하다.

우리가 원래 가지고 있는 감각과 감정은 그런 식으로 점점 새롭게 파생되겠지. 어느 시대든 그럴 것이 틀림없으므로 이 새 감각을 부정할 때, 혹은 더 이상 새 감각이 생겨나지 않을 때야말로 사람은 진실로 늙었다고 할 수 있지 않을까.

나는 레트로를 즐기지 않으므로 지금은 나쁘고 쇼와는 근사했다고는 결코 생각하지 않는다. 언제라도 옛날보다 지금이 훨씬 좋다. 단, 가끔은 잇따라 생겨나는 새 감각에 나도 모르게 지치고는 해서, 그럴 때 촌스럽고 멋없고 모든 게 뒤죽박죽이지만 이상한 여운이 있는 담화실 다키자와 같은 곳에 가면 왠지 마음이 편안해진다.

그러고 보니 아자부주반에 쇼와의 민가를 그대로 재현한 술집이 있는데, 이곳은 현재의 센스로 재현해서 역시 뭔가 빈틈이 없다. 테마파크 같아서 마음이 편안해진다기보다 재미있다는 느낌이다. 다키자와의 쇼와와는 의미가 전혀 다르다.

이런 이유로 결코 단골은 아니었지만 담화실 다키자와가 문을 닫는 것은 몹시 슬프다. 또 새로운 쇼와의 장소를 찾아야지.

친구 중 미식복지부
장관이 있나요?

먹는 것을 전보다 훨씬 더 좋아하게 되었다.

이십대 시절의 나는 먹는 것, 특히 외식에 거의 흥미가 없었다. 먹는 것보다 마시는 것에 중점을 뒀다. 마시는 것도 맛있는 술이 아니라 여하튼 취할 수 있는 술만 마신다는 게 가장 중요한 사항이었으니 만 엔짜리 와인 한 병보다 500엔짜리 소주 만 엔치가 더 매력적이었다. 그 결과 가는 곳은 매번 싸구려 술집이다.

싸구려 술집은 안주가 맛있는 곳도 있고 그렇지 않은 곳도 있지만 이러쿵저러쿵 맛을 따질 만한 장소는 아니다. 싸구려 술집의 요리에 대해 이러니저러니 하는 사람은 와인에 관한 지식을 늘어놓는 사람만큼이나 멋없다고 생각했다.

회의나 뒤풀이 등으로 어딘가에 밥을 먹으러 갈 때 "드시고 싶은 것 있나요?" 하고 묻는 편집자가 많지만, 내 대답은 대체로 "술만 마실 수 있으면 뭐든 괜찮아요"였다. 그래서 '어디어디가 맛있다고 들었으니 거기로 가자'라는 발상이 내내 없었던 것이다.

그런데 요즘 들어 맛있는 것, 이라는 말만 들어도 가슴이 두근거리게 되었다.

"드시고 싶은 것 있나요?"라는 질문에 "맛있는 거라면 뭐든지요" 하고 대답하는 스스로에게 깜짝 놀라기도 한다. 편식이 고쳐진 덕분이기도 하고, 예전처럼 폭음하지 못하기 때문이기도 하고, 아줌마 나이가 된 탓도 있다. 어쨌거나 대량의 술을 마시기보다 맛있는 음식을 먹고 싶다.

맛있는 것이 좋아지면 맛있는 것에 밝은 사람의 존재를 알아차리게 된다. 그런 사람이 내 주위에 몇 명 있는데 나는 그들을 '미식복지부 장관'이라고 남몰래 부른다. 미식복지부 장관은 그저 평범하게 '맛있는 것을 좋아하는 사람'이 아니다. 미식가와도 좀 다른 것 같다.

내 안에서 미식복지부 장관은 '종이공예를 잘하는 사람'이나 '물구나무서기로 10미터 갈 수 있는 사람' '숟가락을 구부릴 수 있는 사람'만큼이나 특수한 존재로 정의되어 있다.

누구나 당연히 맛있는 것을 좋아하며, 되도록 맛없는 것을 입에 대지 않기를 바란다. 하지만 역시 나를 포함한 평범한 사람들은 무언가를 먹고서 맛있다고는 생각해도 그 가게 이름을 까먹거나, 장소를 설명하지 못하거나, 혹은 정보를 공개할 열의가 없거나, 자신이 생각하는 맛의 보편성에 의문을 품기 때문에 '맛집 리스트' 같은 것은 가지고 있지 않다.

한데 미식복지부 장관은 다르다. 맛있는 가게가 있으면 컴퓨터처럼 정확하게 입력해나간다. 맛있는 것에 관해서는 뇌가 디지털이어서 디지털식으로 맛집 리스트가 늘어난다.

또 멀고 가까운 데 대한 지리적 감각이 전혀 없다는 점도 미식복지부 장관의 특징 가운데 하나다. 가령 나카노에 사는 친구가 "어디 맛있는 중국음식점 없을까?" 하고 물었을 때, 극히 평범하게 맛있는 것을 좋아하는 사람이라면 나카노에서 별로 멀지 않은 신주쿠나 아사가야 등지의 아는 가게를 소개할 것이다. 그런데 미식복지부 장관은 이타바시나 기타센주나 아자부나 묘가다니 등 집순이인 나에게는 너무도 멀어서 세계의 끝처럼 느껴지는 지명을 말한다. 심지어 그 가게는 뒷골목의 뒷골목의 뒷골목의 뒷골목에 있을 때도 있다. 그렇게 멀고 찾기 힘든 곳까지 맛있는 것을 먹으러 갈 필요가 있나⋯⋯ 이렇게 생각하는 것은 나 같은 평범한 사람. 미식복지부 장관까지는 한참 멀었다.

미식복지부 장관인 지인 하나는 신주쿠나 오모테산도와 같은 거리라는 느낌으로 홋카이도의 칭기즈칸* 요릿집, 시즈오카의 초밥집 이야기를 한다. 그런가 하면 '세이부신주쿠 선의 도리츠카세이 역에……" "너는 주오 선 타지. 주오 선이라면 니시오기쿠보에……" 하며 그야말로 종횡무진으로 맛집 이야기를 꺼낸다. 맛집 리스트가 일본 전국을 망라한다. 무시무시한 미식복지부 장관.

또 미식복지부 장관이 말하는 '맛'은 상당히 보편적이다.

입맛은 사람에 따라 크게 차이가 난다. 맛있는 것을 좋아하지만 맛의 기준이 나와는 영 다른 친구가 있다. 그 친구가 데려가는 레스토랑이며 메밀국수집이며 중화요리집은 모조리 나와 안 맞는다. 내가 데려가는 가게도 친구에게는 분명 그저 그럴 것이다. 물론 우리는 맛집 탐방가도 아니므로 "이 집 정말로 맛있는 거야?" 하며 말다툼하지는 않는다. '우리는 입맛이 다르네' 하고 속으로 생각하며 즐겁게 식사를 한다.

그런데 미식복지부 장관이 가르쳐주는 맛집은 열 사람이면

---

* 홋카이도를 대표하는 향토 음식으로 양고기를 채소와 함께 구워 먹는 요리.

열 사람이 다 맛있다고 말할 가게뿐. 왜 그런지 잘 모르겠다. 표준적인 혀를 가지고 있지 않으면 미식복지부 장관이 될 수 없는 것인지도 모른다.

의사나 변호사 친구가 있는 편이 좋다고들 하지만 그보다 먼저 미식복지부 장관이야, 하고 생각하는 요즘이다.

자랑할 만한
운이 있나요?

금전운이라거나 건강운이라고들 종종 말한다. 남자운이라거나 직장운이라거나. 운이란 정말로 자잘하게 나뉘어 있구나, 하고 때로 생각한다. 잡지의 별자리 운세 같은 데는 대개 '연애운, 직장운, 종합운' 정도밖에 안 나오지만 더더욱 자잘한 '운'도 있지 않을까.

이를테면 나는 집운이라는 것도 있다고 생각한다. 5년 전까지 나는 엄청나게 이사를 많이 했는데, 이는 이유도 없이 그냥 이사 다니기를 좋아해서 그랬던 것이 아니라 집운이 나빠서였다. 아래층에 깡패 부부가 살았는데 한밤중에 깡패 남편이 "발소리 한번 더럽게 시끄럽네" 하며 위협하러 온다거나. 관리인이 매일같이 찾아와서 방을 들여다보며 "텔레비전은 벽과 거리를 두세요"라는 둥 "샤워기는 뜨거운 물부터 틀면 화상 입으니까 찬물부터 틀어요"라는 둥 일일이 잔소리를 한다거나. 뭐, 그리고 이사가 별로 힘들지 않았으니 그때마다 이사를 했다.

집운이 나쁘면 집을 보러 다닐 때도 이것저것에 신중해진다. 채광이나 넓이 같은 보편적인 조건에 더해 '매일같이 찾아오는 관리인은 없는가, 아래층에 깡패가 살지 않는가, 변태가 훔쳐보기 쉽지는 않은가' 등등 체크 항목이 이상하리만치 많아진 결과 여간해서는 결정할 수가 없다. 서른 곳을 둘러보고도 못 정하기도 한다.

그런데 집운이 좋은 내 친구 K는 매번 집을 구할 때 첫 번째로 본 집을 그 자리에서 계약한다. 그러고도 어떤 문제도 없으니 이는 그야말로 운이다. 남자운이나 여자운 따위의 애매한 운보다 훨씬 명확한 운이다.

여행을 하다 보면 여행자운이라는 것도 있구나, 하고 자주 생각한다. 여행지에서 만나는 여행자들에 대한 운이다. 나는 여행지에서 이상한 사람을 만난 적이 거의 없다. 함께 밥을 먹었던 여행자는 대부분 마음이 맞고 어딘지 모르게 나와 아주 비슷한 사람들이어서 귀국한 뒤에도 연락을 주고받거나 집이 가까우면 근처에서 밥을 먹기도 한다. 물론 이상한 사람도 만난 적은 있다. 잘난 척이 심한 설교쟁이 여행자, 성욕을 주체하지 못하는 에로 여행자, "여행 같은 건 식은 죽 먹기야"라면서 트러블에 휘말려 남에게 기대는 착각쟁이 여행자, 이런 사람들은 본 적은 있지만 그 확률이 지극히 낮다. 그러니 분명 나는 여행자운이 그럭저럭 좋은 편 아닐까.

뽑기운도 집운도 없는 내가 이것만은 확실히 자랑할 수 있다고 여기는 운이 있다. 바로 택시운이다.

택시란 정말로 운이다. 타보지 않으면 모르니까. 웬만한 일이 없으면 내린다고 말하기도 어렵고, 밀실 상태고.

택시운이 나쁜 사람 이야기, 들어본 적 있나요? 운전이 난폭한 것도 무섭지만, "어디어디까지"라고 말을 꺼낸 즉시 혀를 끌끌 차며 "그렇게 가까운 데를" 하고 투덜거리거나, 무슨 말을 하든 한마디도 대답을 안 하거나, 번화가에서 타면 "대낮부터 놀러나 다니고 팔자 한번 좋네"라고 비아냥거리거나…… 무서운 일화는 실로 가지각색이다.

나는 어째서인지 이야기를 좋아하는 운전사를 만날 때가 많다. 그리고 그 이야기가 꽤나 재미있을 때가 제법 있다.

이십대 때 암을 극복한 사람의 쾌활한 입원담에 웃음을 터트린 적도 있고, 자위대 특수훈련반에 있었다는 일흔 살에 가까운 할아버지의 이야기도 굉장했다. 빈뇨증인데 언제나 장거리 손님만 태우는 아저씨의 갈등담도 재미있었다. 세상일은 정말 가지가지구나, 하고 늘 생각한다.

사실 나는 택시 운전사에게 기분상 위로받은 적이 몇 번인가 있다.

벌써 10년쯤 전. 어느 장소에서 내 소설을 무참하게 헐뜯겼는데 심지어 무지한 나는 그 비판 문구를 제대로 못 알아들어서(어려운 말로 헐뜯고 있다는 것은 안다) 논리정연하게 되받아치지도 못한 채 결국 헐뜯길 대로 헐뜯긴 뒤 침울한 기분으로 택시를 타고 집으로 향한 적이 있었다. 나는 창밖을 노려보듯 하며 그 비판 문구를 가슴속에서 굴리고 있었는데, 갑자기 불쑥 어떤 전후 맥락도 없이 운전사가 말했다. "아가씨, 똑똑한 척하는 녀석만큼 멍청한 놈은 없어요. 멍청해 보이는 사람만 믿어야 돼요."

이 운전사가 무슨 말을 했는지 지금도 잘 모르겠지만 그럼에도 뭐랄까, 그 말은 그때 나의 침울한 상태에 꼭 들어맞았다. 뭔가 엄청난 기세로 헐뜯겼지만 괜찮아, 내가 소설을 써도. 좋아하니까 어쩔 수 없잖아. 그런 생각을 했더니 눈물이 나서 운전사에게 들키지 않도록 눈물을 닦았다.

어머니가 입원했을 때도 택시 운전사에게 위로받은 적이 정말로 많았다. 병원에서 돌아오는 길에 종종 택시를 탔는데, 병원에서는 생글생글 웃고 있었던 만큼 혼자가 되면 초속으로 눈물이 난다. 울어봤자 아무 소용없다는 것도 알고 갑자기 손님이 울면 운전사도 곤란할 테니 아랫입술을 꽉 깨물고 있다.

그러면 어찌된 일인지 운전사 분이 아무것도 묻지 않고 "혹시 드실래요?" "쓰세요" 하며 사탕이나 휴대용 화장지를 슥 내미는 것이다. 울지 않으려고 애써봤자 상대방은 우울해하는 여자라는 것을 눈치챘겠지만 그 별것 아닌 배려가 그때는 정말 정말 기뻐서, 아무래도 사태는 호전될 것 같지 않지만 내일도 일단 기운내서 병원에 오고 엄마에게 밝은 얼굴로 웃어주자, 하고 생각했던 것이다.

내가 만나온 그런 운전사 분들은 누군가를 엄청나게 깊은 늪에서 건져줬다고는 분명 생각지도 못하겠지.

택시운을 뽑기운으로 바꿔줄까, 하고 신이 물어도 나는 거절할지도 모른다. 연애운이라면 또 모를까.

그런데 이렇게 생각하니 아직 더 있다. 라멘운이라든지 옷운이라든지 미용실운이라든지 신호운이라든지. 당신의 '이것만큼은 남들에게 지지 않는' 운은 무엇인가요?

혼자 훠궈를
먹은 적 있나요?

취재차 우루무치에 다녀왔다.

우루무치는 중국의 끝에 있는 신장위구르 자치구다. 일단 중국이기는 해도 사는 사람 중 다수가 터키계 위구르인이고 그들은 이슬람교를 믿는다. 그래서 중국어 간판이 즐비한 거리 속에 양파 모양 모스크 지붕이 여기저기 불쑥 튀어나와 있다.

중국어와 모스크라는 불가사의한 조합으로 상징되는 것처럼 우루무치의 거리는 다양한 요소가 섞여 있어서 몹시 흥미롭다. 예를 들면 사람들의 얼굴. 위구르족은 그 선조가 터키인이라서 뚜렷뚜렷한 서구형 이목구비다. 그다음으로 인구가 많은 카자흐족 역시 터키계지만 몽골인과 생김새가 아주 비슷하다. 그리고 한족은 우리와 매우 닮은 소위 중국스러운 얼굴. 걸친 옷, 쓴 모자, 스카프 등도 민족에 따라 다르다. 거리를 걷다 보면 여기가 어디더라, 하고 몇 번이나 망연해진다.

식사 역시 혼합 문화다. 이슬람교도는 돼지고기를 먹지 않는다. 거리 여기저기에서 하얀 연기를 피워 올리는 곳은 시시케밥집이다. 양고기 꼬치를 숯에 굽고 있는 것이다. 그래서 우루무치의 중화요리집은 대부분 돼지고기를 쓰지 않고 양고기나 소고기를 대신 쓴다. 표지는 '청진清真'이라는 글자. 식당 간판에 '청진'이라고 쓰여 있으면 그곳은 요리 재료(국 육수에도)에 돼지고기를 일절 쓰지 않으니 이슬람교도도 마음 놓고 먹을 수 있다는 뜻이다. 그리고 '청진'이라는 글자는 대부분의 음식점에 있다.

한편 이 여행에서 가장 흥미롭고도 나를 기쁘게 만든 점은 요리가 대체로 격렬하게 맵다는 것이었다.

이유는 잘 모르겠다. 후베이성이나 쓰촨성의 영향인지 아니면 터키의 영향인지, 무지한 나는 모르겠지만 실로 많은 요리에 고추가 쓰인다. 소고기 셀러리볶음이라든지, 혹은 그냥 양배추볶음이라든지, 그런 요리에도 듬뿍 들어 있는 고추. 매운 것을 좋아하는 나는 정말로 기뻤다.

도착한 당일 시가지로 향하는 차 안에서 '훠궈' 간판을 발견한 나는 놀랍고도 기뻤다. 훠궈, 내가 몹시 좋아하는 음식이다.

한가운데에 칸막이가 있는 은색 냄비에 하얗고 맵지 않은 육수와 새빨갛고 엄청나게 매운 육수를 반씩 넣고 거기다 고기나 채소를 데쳐서 먹는 중국식 샤부샤부 요리다. 도쿄에도 훠궈 식당이 있지만 어쩐지 박력이 부족한 느낌이어서 '언젠가 본고장에서 훠궈를 먹어보고 싶다'는 것이 예전부터 나의 간절한 소원이었다.

취재 중반에 가이드에게 부탁해서 훠궈요리집에 갔다. 무지무지하게 맛있었다. 역시 도쿄의 가게는 매운 맛을 순하게 만든 것이었다. 우루무치 훠궈의 빨간 육수의 맵기란 온몸이 부들부들 떨릴 정도다. 그리고 맛있다. 매운데 감칠맛이 있다. 맛에 뭐라 말할 수 없는 깊이가 있다. 맥주와 함께 빨간 육수에 데친 고기나 채소를 먹고 있으면 머리가 지잉지잉 저린다. 귀가 위잉위잉 울린다. 그 정도로 매우면서도 맛있다.

이번 취재는 닷새로 끝났지만 나는 개인적으로 사흘을 더 얻었다. 편집자와 카메라맨이 일본으로 돌아간 뒤 평소처럼 혼자서 거리를 돌아다니며 시간을 보냈다.

그리고 홀로 보내는 마지막 날. 우루무치 최후의 식사로 나는 아무래도 그 훠궈를 먹고 싶었다. 혼자서 다 먹을 수 있을지 걱정되기는 했지만, 그래도 어떻게든 다시 한 번 그 요리를 먹지 않고서야 이 땅을 떠날 수 없다. 나는 결심을 굳히고 식당이 늘어선 거리에 있었던 훠궈집에 들어갔다.

한데 내가 이제껏 접해온 중국의 중국인들은 무의식중에 중국어를 세계 공용어로 여기는 면이 있었다. 중국어가 안 통하는 사람이 이 세상에 있을 리 없어, 하고 생각하듯이. 중국어로 말을 걸었을 때 내가 멀뚱히 있어도, 영어로 "몰라요"라고 말해도, 그런 것은 아랑곳하지 않고 계속 중국어로 말한다. 반복해서 말하면 언젠가는 통하리라고 믿어 의심치 않는 열의에 찬 표정으로.

내가 들어간 훠궈집 점원들도 이러한 중국인인 한족이었다. 홀로 자리에 앉아 주문을 받으러 온 점원에게 '훠궈'라고 공책에 써서 보여주자 그 즉시 중국어로 말을 건다. 몰라요, 라고 말해도 멈추지 않는다. 메뉴를 펼치고 손가락으로 가리키며 열성적으로 무언가를 설명한다. 가만히 귀를 기울이던 나는 점원이 가리키는 메뉴와 손가락을 꼽아가며 나타내는 '8'이라는 숫자로 '훠궈를 주문할 때는 재료를 여덟 가지 골라야 한다'라고 말하는 것이리라 추측했고, 메뉴에서 여덟 가지를 시켰다(양고기라든지 두부라든지 푸른잎 채소처럼 대충 알 듯한 재료를 골랐다).

그리하여 주문은 무사히 끝났지만 점원은 내 옆에 달라붙어서 여전히 무언가를 열성적으로 말한다. 몰라요, 라고 해도 멈추지 않는다. 마침내는 내 공책에 글자를 죽 써나가기 시작했다. 내가 '훠궈'라고 써서 보여줬기 때문에 필담이라면 통하리라 생각했겠지. 하지만 중국어 한자는 간체자이기도 하고 일본 한자와 읽는 방식이 완전히 다르기 때문에 그가 써내려가는 엄청난 달필의 글씨도 무엇을 뜻하는지 전혀 알 수 없었다.

그가 50자 정도 쓴 한자 가운데 '붕우朋友'라는 단어가 있었다. 그것을 단서로 해독을 시도했지만 역시 모르겠다. 그러나 점원은 내 곁을 떠나려 하지 않고 써놓은 글자를 가리키며 여전히 무언가를 계속 말한다. 고개를 갸웃하자 더더욱 알 수 없는 한자를 쓴다. 다른 점원도 다가와 다들 저마다 무언가를 주장한다. 왠지 엄청난 소동이 되어버렸다. 훠궈를 주문했을 뿐인데……

내가 가게에 들어간 지도 20분 정도 지나 있었다. 의미 불명의 소동은 잦아들지 않았고, 다른 손님의 시선을 받으며 나는 그 자리에서 울음을 터트리고 싶어졌다. 훠궈가 먹고 싶을 뿐이에요, 하며 큰 소리로 울고 싶었다.

30분 가까이 지나서야 단 한마디도 통하지 않는다는 사실을 겨우 이해한 점원들은 내 자리를 떠나 훠궈를 준비하기 시작했다. 가슴을 쓸어내린 것도 한순간, 엄청난 분량의 식재료가 날라져 왔다. 접시에 쌓인 산더미 같은 양고기, 산더미 같은 푸른잎 채소, 산더미 같은 두부, 산더미가 여덟 접시. 나는 멍하니 농담 같은 그 양을 바라보았다. 왠지 벌칙 게임 같다.

멀리서 이쪽을 엿보던 아까의 점원을 불러서 통하지 않는다는 것은 알지만 "이거 많아요. 3분의 1씩만 줘도 되는데요"라고 일본어로 말하며 '조금씩'이라고 손동작을 해보였다. 그러자 점원은 놀란 얼굴로 다시 중국어를 퍼붓는다.

그런데 이때 갑자기 그가 말하는 중국어가 이해되었다. 역경이 한계에 이르면 사람은 어학 능력이 꽃피는 걸까.

"당신, 설마 혼자예요? 혼자서 훠궈를 먹으러 온 거예요?" 점원은 이렇게 말했(던 것 같)다.

"그래요, 혼자예요." 나는 스스로를 가리키며 손가락 하나를 세웠다.

"혼자라고요? 당신, 혼자예요?" 그도 손가락을 하나 세운다. 또다시 다른 점원들이 우르르 몰려든다. 큰소리로 무슨 말을 주고받는다. 이때도 나는 그들의 대화를 알아들었다. "이 사람 혼자 왔대." "혼자서 훠궈를 먹는대." "진짜 혼자야." "그럼 저건 많잖아." "많지, 다 못 먹지." "설마 혼자 왔을 줄이야." "어떻게든 해야지."

그리하여 그들은 식탁에 늘어선 산더미 같은 여덟 접시를 차례차례 치우더니 양을 줄인 다섯 접시를 새로 식탁으로 가져왔다. 조금 전 그가 공책에 쓴 '붕우'의 뜻이 또다시 갑자기 이해되었다. "나중에 친구가 오지요? 친구는 몇 명 와요? 당신은 친구랑 훠궈를 먹는 거지요?"라는 글을 썼던 것이 틀림없다.

"아아, 다행이다." 양이 줄어든 접시를 보고 일본어로 말하자 점원들은 진지한 얼굴로 몇 번이고 고개를 끄덕였다.

이리하여 나는 무사히 여행 마지막에 혼자서 훠궈를 먹을 수 있었다.

이슬람교도 여성은 남들 앞에서 피부를 드러내지 않도록 혼자서는 찻집에도 식당에도 좀처럼 가지 않는다. 내가 여행했던 것은 그런 지역이었고, 따라서 훠궈를 혼자서 먹으러 오는 여성은 이를테면 일본에서 찬코나베* 식당에 혼자 가는 여성보다 더더욱 희귀한 존재였으리라는 것을 돌아오는 비행기 안에서 퍼뜩 깨달았다. 통하지 않는 것은 언어라기보다 관습이었다.

하지만 30분씩이나 들여서 주문을 받고, 거기다 또 시간을 들여서 '혼자 훠궈를 먹으러 왔다'는 것을 확인했으며, 게다가 1인분으로 양을 줄여준 그들 같은 점원은 여행자에게는 몹시 안심되는 존재다. 매뉴얼에 없는 대응, 사람과 사람을 이어주는 연결고리는 언어가 아니라 그런 것이라는 생각도 든다.

---

* 생선, 고기, 채소 등을 큼직하게 썰어 큰 냄비에 넣고 끓여 먹는 스모 선수들의 푸짐한 요리. 일반인을 대상으로 식당에서 팔기도 한다.

또다시 다른 장소에서 홀로 휘궈에 도전할 마음이 있는가 하면 그것은 조금 의문이지만. 말도 못하게 피곤하니까……

스몰 트라우마가
있나요?

혹시 일상 속 스몰 트라우마가 있나요? 부모님께 얻어맞으며 자랐다거나 격렬한 따돌림을 받았다는 등의 일이 아니라 조금 더 뭐랄까, 무지하게 실없는 종류.

나는 얼마 전 카레 가게에서 카레를 먹을 때 퍼뜩 깨달았다. 트라우마라는 단어는 딱 질색이지만, 내 일상은 사실 굉장히 실없는 트라우마로 이루어져 있는 게 아닐까.

이를테면 바로 카레다.

10년쯤 전, 당시 살던 집 근처 식당에서 나는 카레를 주문했다. 납작한 접시에 담긴 밥과 은색 카레 용기에 든 카레가 나왔다. 카레가 은색 카레 용기에 담겨 나오면 한꺼번에 모조리 부어야 하는지 조금씩 부어야 하는지 엄청나게 망설여진다. 이때

설이며, 그러나 왠지 모르게 꼭 그래야만 할 것 같은

들어서 조금씩 부어 먹었다.

자 어쩌된 일인지 밥이 아직 절반이나 남아 있는데도

가 바닥을 드러냈다. 게다가 이때 내 배는 조금도 차지 않

다. 아무것도 안 뿌린 흰밥은 먹을 수 없다. 밑반찬류도 없

다. 식탁에 소금이 있었지만 소금 뿌린 밥도 좀. 나는 그대로

밥을 남기고 배고픈 채 식당에서 나왔다.

다혈질인 나는 카레 양이 너무 적잖아! 하고 파르르 화를 내

며 집으로 돌아왔는데, 이 경험이 먼 훗날까지 꼬리를 끄는 스

몰 트라우마가 될 줄이야 이때는 상상조차 하지 못했다.

그렇습니다. 저의 스몰 트라우마 가운데 하나는 '밥이 남았

는데 카레가 없다'는 공포입니다.

그로부터 정신을 차리고 보니 10년, 밖에서 카레를 먹을 때

마다 나는 비빔밥처럼 카레와 밥을 질퍽질퍽하게 뒤섞은 다음

먹는다. 보기에 별로 좋지 않지만 처음부터 섞어두면 카레가

부족해지는 참극은 일어나지 않는다.

그렇군, 이 질퍽질퍽한 접시는 바로 나의 트라우마로군, 하

고 아까 말한 카레 가게에서 퍼뜩 알아차린 참이다. 이것 말고

는 어떤 트라우마가 있는지 질퍽질퍽하게 카레를 섞으며 생각

해봤다.

곧바로 떠오른 것은 장거리를 이동할 때의 화?

화장실이 딸려 있지 않은 장거리 버스를 탔을
는 성인 여성이지만 이제는 모든 것을 내려놓는
하는 사태에 이른 적이 내게는 두 번 있다. 한 번은
서, 다른 한 번은 하마마츠-요코하마 구간에서. 두
놓지 않고 넘어갔다. 넘어갔지만 버스가 휴게소에 정
일어서기도 힘들었고, 달려가고 싶은데 달릴 수도 없
주춤한 자세로 벽에 기대듯 하며 사알짝, 사알짝 걸어
다. 사람은 '화장실 너무 급해, 이제 틀렸는지도 몰라'
각한 극한 시점으로부터 네다섯 시간은 참을 수 있는
라는 것을 이때 알았다.

하지만 그 네다섯 시간은 그야말로 지옥이다. 경험이 있
사람만 알겠지만 머릿속이 새하얘지고 주위의 현실감이 차츰
옅어지며 손끝이 서서히 저려오고 인간이 아닌 것이 되어가는
느낌. 이 지옥을 나는 두 번 다시 경험하고 싶지 않다. 그래서
오랜 시간 버스를 탈 때는 스스로도 어딘가 좀 이상하다고 느
낄 만큼 몇 번이고 몇 번이고 화장실에 간다. 안 나와도 간다.
그야말로 트라우마.

내가 체험하지는 않았지만 어떤 장면을 봤기 때문에 생기는
스몰 트라우마도 있다. 내게는 '치마가 말려 올라가 있지 않을

까 트라 '라는 것도 있다.

예 본 적이 있기 때문이다. 말끔하게 화장을 한 빈틈없

가 하이힐을 또각또각 울리며 걷고 있었는데, 스쳐 지
는
를 생각 없이 돌아봤더니 놀랍게도 그 여성의 치마 뒷부

팬티스타킹의 팬티 부분에 끼여서 엉덩이가(정확히 말하

팬티가) 훤히 드러나 있는 상태였다. 너무도 비정상적인

태에 나는 몸이 굳었고, 그 여성은 또각또각 또각또각 멀어

버려서 어떻게 할 수도 없었다.

그 뒤로 치마를 입고 걸을 때 '뒷부분이 팬티에 끼여 있지
않을까' 하는 공포에 때때로 빠지게 된 나는 몇 번이고 몇 번
이고 손으로 치마 뒤쪽을 쓰다듬으며 말려 올라가지 않았는지
확인하게 되었다.

일상 속의 그야말로 실없는 사건이 트라우마로 변해서 현재
내 행동의 폭을 좁히거나 조금 왜곡시키거나 과장되게 한다.

하지만 한편으로는 술을 먹고 아무리 실수해도(기억을 잃는
다, 길바닥에서 잔다, 모르는 사람에게 시비를 건다, 다음 날 밤까지
숙취가 이어진다) 음주 트라우마가 나에게 아무것도 학습시키
지 못한 것은 어째서인지 의문스럽기도 하다.

당신에게는 일상생활 속 스몰 트라우마가 있나요? 그것은
얼마나 실없는 종류인가요?

옷을
구분해서 입나요?

　나는 명확하게 세 등급으로 옷을 나눠 입는다. 가령 그것 소나무, 대나무, 매화나무라고 치자.

　매화나무 옷은 집 안 및 집에서 반경 10미터 이내에 적용하는 옷이다. 쉽게 말하자면 잠옷 상태의 옷 말이죠.

　무릎이 튀어나온 추리닝, 여름이면 목 언저리가 늘어난 티셔츠, 겨울이면 빛바랜 추리닝 혹은 보풀이 일어난 카디건 등.

　집에서 나오지 않을 때, 나오더라도 10미터 이내의 편의점이나 쓰레기장에 갈 때는 대체로 이 매화나무 옷을 착용(이랄까…… 벗지 않는 것뿐이지만……)한다.

　그보다 한 등급 높은 대나무 옷은 조금 더 멀리 갈 때. 역 앞혹은 이웃 역까지 가능하다. 이 옷은 대개 청바지류. 동네 아줌

마 스타ㅇ

소나무 옷은 이른바 갖춰 입은 차림. 치마나 스타킹
ᅳ는 소나무에 속한다. 소나무와 대나무의 명확한 경계
경우 '신주쿠'다. 신주쿠를 경유하는지 마는지로 소나
대나무를 구분해서 입는다.

오모테산도나 오테마치는 신주쿠 역을 경유하지는 않지만
신주쿠 구는 가로지르므로 소나무 옷을 입고 간다.

그래서 가령 동네에서 소나무 옷을 입거나 번화가에서 대나
무 옷을 입으면 너무나 불안하고 초조한 기분을 맛본다.

하지만 이렇게 옷을 구분해서 입지 않는 사람도 있다. 옷을
구분해서 입지 않는 사람들은 자기 동네에서도 소나무에 준하
는 옷을 입는다. 말쑥한 사람인 것이다.

이런 사람과 집 근처에서 차를 마시면 가끔 난처한 상황에
처한다. 옷을 구분해서 입지 않는 사람은 태연하게 "지금 신주
쿠에 영화 보러 가자"라는 등 "아오야마에 밥 먹으러 가자"라
는 등 말한다. 거절하지 못한 나는 이따금 대나무 옷으로 번화
가에 나가서 왠지 수영복 차림으로 거리를 활보하는 듯한 죄
책감과 불안을 느끼는 처지가 된다.

한데 내가 지금 사는 집은 그야말로 역의 코앞이다. 이 집에
이사 온 뒤로 내 안의 소나무 대나무 매화나무에는 미묘한 차

질이 빚어지고 있다.

집에서 10미터 걸어가면 그곳은 역이다. 역부ㄴ 빌딩
이 이어진다. 까딱하면 편의점보다 역 빌딩이 더 ㄱ 지경
이어서 담배가 떨어졌네 싶을 때 매화나무 옷차림 히
적휘적 역으로 향한다. 역 빌딩의 자동판매기에서 담
문득 정신을 차려보면 주위는 이 건물에 볼일이 있○
오는 말쑥한 사람들뿐이다. 내가 보기에는 모두가 소ㅣ
그 속에서 내 몸을 내려다보면 방금 전까지 그대로 입ㄷ
잤던 추리닝에 보풀이 일어난 카디건. 등줄기로 땀이 ㅎ
수영복으로 거리를 활보하는 수준이 아니다. 홀딱 벗고 ㅅ
듯한 수치심조차 맛본다.

얼마 전에도 비슷한 일이 있었다. 이웃 역에 있는 모 호텔에
서 작가 분과 대담을 하게 되었는데, '대담'보다 '집 근처' 호텔
이라는 데서 더 강한 인상을 받은 나는 이웃 역에 있는 헬스장
에 간 뒤 샤워를 하고 젖은 머리카락 그대로, 완전히 대나무 옷
으로 그 호텔에 갔다.

호텔 입구에서 뭔가 잘못됐다는 것을 곧바로 깨달았다. 그
호텔은 아무리 우리 집 근처라도 허름한 옷차림에 머리카락까
지 젖어 있는 사람은 역시 어울리지 않는 곳이었다. 나는 황급
히 화장실로 뛰어들어 손 말리는 기계에 머리를 처박듯 하며

리를 말렸다(앞머리만 말린 것이 고작이었다).

허겁지...에서는 그날 무슨 파티가 열리는지 로비는 한껏 차려...려녀로 붐비고 있었다. 대나무 옷이라 면목 없다고 생...그들 사이를 빠져나와 겨우 대담 장소인 방으로 슬쩍...갔지만, 방에서 기다리던 것은 편집자와 카메라맨. 아아, ...신…… 나는 고개를 푹 떨구었다. 신주쿠를 경유하지 않아...사진을 찍는다면 소나무 옷을 입고 싶은, 허영심 가득한 나였다.

그날 민얼굴, 앞머리만 말린 머리, 동네용 대나무 옷차림의 나는 카메라 셔터 소리가 울릴 때마다 제대로 살자고 남몰래 결심했다. 제대로 살자……란 요컨대 대나무니 매화나무니 등급을 구분해서 혼자 납득하지 말고 적어도 일할 때만큼은 제대로 옷을 갈아입자, 하는 한심한 의사표명이지만.

당신은 어떤 식으로 옷을 구분해서 입나요? 본보기로 삼을 테니 말쑥한 삼십대에게 꼭 한 수 배우고 싶네요.

연애의 소용돌이 속에
있었나요?

　지난번에 어떤 일로 내가 졸업한 초등학교에 다녀왔다. 우연히도 내가 찾아간 반의 담임(여자)이 나의 초등학교 동창이었다. 게다가 사무직원 중 한 사람도 엄청난 우연으로 동창(남자 1). 동창 셋이 26년 만에 초등학교에서 재회를 이루어낸 셈이다.

　동창(여자)의 말에 따르면 또 다른 동창(남자 2) 하나가 초등학교 근처에서 레스토랑을 운영한다고 한다. 일이 끝나 우리는 가벼운 뒤풀이를 하기 위해 그 동창(남자 2)의 레스토랑으로 향했다.

　한데 레스토랑을 한다는 그 동창(남자 2)의 이름을 들어도 나는 얼굴이 전혀 떠오르지 않았다. 만나면 알겠거니 하며 레스토랑에 갔고, 동창 같은 남자가 나와서 인사를 했지만 역시 아무리 애를 써도 기억이 안 났다.

레스토랑 주인인 동창(남자 2)은 실로 미남이었다. 잘생긴 데다 신사적이었다. 그러나 내 기억 속에서 남자아이라 하면 여자애들과 적대 관계였던 시건방진 한 덩어리, 라고만 인식되어 있다. 이렇게 잘생기고 신사다운 남자애는 한 명이라도 있었을 리 없다.

그곳에 동창(남자 2)의 아들이 학교에서 돌아왔다. 그 아이의 얼굴을 보니 어쩐지 동창(남자 2)이 어렴풋이 생각났다. 뺨 언저리만. 뺨이 반들반들하고 긴 아이였지, 하는 기억만.

동창들과 마시며 이야기를 나누다가 이 동창(남자 2)이 당시 얼마나 인기가 많았는지에 대한 화제로 흘러갔다. 여자 동창이 그의 집 근처에 살아서 반 여자아이들은 모두 그녀와 함께 하교하고 싶어 했고, 줄줄이 그의 집 앞을 지나쳐 돌아갔다는 이야기였다.

이쯤에서 내 기억이 크게 어긋난다. 내 기억 속의 초등학교에는 연애라는 것이 존재하지 않는다. 남자아이와 여자아이는 서로 적대하는 한 덩어리였고, 그 안에 하교길에 누군가의 집 앞을 일부러 지나가는 그런 달콤한 분위기는 전혀 없었다. 이것이 나의 기억이다. 레스토랑 동창도 지금은 미남이지만 초등학생 때는 뺨이 긴 평범한 아이였을 것이다.

그러나 한 자리에 있던 동창들에게서는 그가 인기가 많았다는 이야기를 시작으로 누가 누구를 좋아했다, 여자애 중 가장 인기 많았던 아이는 누구였다, 그 인기녀가 좋아했던 아이는 누구였다, 하는 달콤한 연애담이 끝없이 나오는 것이 아닌가.

전혀 몰랐던 연애 이야기를 듣다 보니 왠지 내가 인간 아이들 틈에 섞인 원숭이였던 듯한 기분이 들기 시작했다. 인간다운 포근포근한 감정에서 외따로 떨어져 홀로 흙투성이가 되어 뛰어다니던 원숭이.

하지만 잘 생각해보면 대학 시절의 반에서도 나는 원숭이나 마찬가지였다. 그 반은 자신이 선택한 제2외국어로 이루어져 있어서 다른 반에 비해 인간관계가 매우 담백했다. 반에서 술자리도 별로 가지지 않았고 축제에도 반으로 참여하는 일은 없었다.

그런데 그리 생각했던 것은 나뿐이고, 그 반에서도 역시 누가 누구를 좋아한다느니 맹렬히 공략했지만 차였다느니 졸업한 뒤에도 내내 좋아했다느니 등등 화사한 연애의 상황이 숱하게 펼쳐지고 있었다. 그것을 나는 서른이 넘은 뒤에야 알고 아연실색했다.

초등학생 때도 대학생 때도 왜 나는 연애의 소용돌이 속에 들어가지 못했을까(참고로 중, 고등학교는 여학교여서 별로 관계없다). 누가 누구를 좋아한다고, 반이 이렇게 뜨겁게 달아올라 있다고, 왜 실시간으로 알려주지 않았을까. 원숭이라서?

남자와 여자가 섞이는 반 제도가 있는 곳에서는 아무래도 반드시 연애의 상황이 펼쳐지는 것 같다. 회사도 분명 그렇겠지. 다닌 적이 없어서 모르겠지만 회사라는 장소에서도 나는 원숭이겠지.

그 반 제도 안에서 인기녀, 인기남이 반드시 존재한다는 것도 신기하다. 예컨대 남자 스무 명 여자 스무 명이 있는 경우 커플 스무 쌍이 생기면 문제가 없을 텐데, 인기녀 인기남이 열 표쯤 가져가버리니 밸런스가 무너진다. 나는 인기녀와 인기남이 누구인지 실시간으로 모르기 때문에 이 나이가 되어 "누구누구가 인기 있었어" 하고 들으면 '어째서?' 하며 의아한 기분이 든다. 인기를 중심으로 생각해보면 나의 취향은 언제나 크게 어긋나 있다. 이 또한 연애 상황에서 멀어진 이유일까.

어린 시절부터 연애 상황의 중심에 있었던 사람은 '인기의 부조리'를 잘 알 것이다. 가장 인기 있는 아이가 반드시 미남미녀라고는 할 수 없으며, 가장 인기 있는 남자애가 가장 인기 있는 여자애와 커플이 되는 것도 아니다. 자신이 좋아하는 상대 주위에는 반드시 연적이 몇 명 등장한다. 그 몇 명과 어떻게

우호관계를 만들어나갈 것인가, 혹은 어떻게 앞지를 것인가, 이런 처세술도 갖추고 있겠지.

나 같은 사람은 인기의 법칙을 하나도 모르니 의아해서 견딜 수 없다. 어째서 내가 여자 인기 순위에 들어 있지 않담? 평생 단 한 번도 들어간 적이 없다니 좀 이상하지 않나요?

……아, 원숭이라서? 그것 참 미안하게 됐네요.

맨 먼저 말 거는 사람은
누구인가요?

졸저 『대안의 그녀』가 만화화되는데, 만화로 그려준 아비코 미와 씨를 포함하여 편집자 몇 명과 밥을 먹었을 때의 일이다.

대화가 한창일 때 심리 테스트 이야기로 분위기가 더욱 달아올랐고, 그러자 아비코 씨가 이런 심리 테스트를 해줬다.

당신은 전학생입니다. 전학 온 첫날 선생님을 따라 새 반에 갔습니다. 그런데 눈앞에 있는 반 친구는 모두 당신이 아는 애니메이션 캐릭터입니다(이성을 상정한다. 즉 당신이 여자라면 반 친구는 모두 남자).

그중 맨 먼저 당신에게 말을 거는 사람은 누구인가요?

뭐라고 하며 말을 거나요?

그 말을 들은 당신은 어떻게 생각하나요?

이것이 질문이다. 우리 모두는 잠시 허공을 바라보며 생각에 잠겼다.

나는 아는 애니메이션이 극단적으로 없어서 상상할 수 있는 캐릭터가 몹시 적다. 하지만 그러면 재미가 없으니 후보 수를 늘리기 위해 열심히 기억을 쥐어짜냈다. 그래서 떠오른 것은 다음과 같은 인물들.

〈천재 바카본〉의 바카본과 아빠, 레레레. 〈사자에 씨〉의 나미헤이와 가츠오. 〈도라에몽〉의 진구, 퉁퉁이, 비실이. 〈알프스의 소녀 하이디〉의 페터. 〈꼬마 너구리 라스칼〉의 라스칼과 라스칼을 기르는 소년. 〈플랜더스의 개〉의 네로. 〈엄마 찾아 삼만 리〉의 마르코.

어라, 할배랑 어린이뿐이잖아. 더 젊은 남자를 넣어야지.

그래서 생각해낸 것이 어째서인지 도도 선배(〈에이스를 노려라!〉에 나오는 사람, 도도 선배였지요?). 〈블랙잭〉의 블랙잭.

이게 전부다. 그다음은 아무리 머리를 쥐어짜내도 떠오르지 않는다. 뭔가 꽤나 케케묵은 반 친구들.

그들 가운데 나에게 가장 먼저 말을 걸어줄 사람은 누구인가?

그렇게 생각하다 문득 깨달았다. 말을 걸어줬으면 하는 사람과 실제로 말을 거는 사람은 다르다. 이는 내 인생의 진실이다. 친해지고 싶은 남자와 실제로 친해지는 남자는 다르고, 사귀고 싶은 남자와 실제로 사귀는 남자도 언제나 다르다. 이것이 딱 일치하는 사람이 과연 이 세상에 있을까.

가공의 반 친구들 가운데 나에게 말을 걸어줬으면 하는 인물은 도도 선배나 블랙잭이다. 하지만 그들은 분명 나 같은 아이에게는 말을 걸지 않을 것이다. 흥미조차 보이지 않은 채 지우개에 조각이나 하고 있겠지.

그리고 아아, 어찌나 뚜렷하게 떠오르던지. 처음으로 나에게 말을 거는 인물은 페터다. 페터 말고는 있을 수 없다. 그는 생글생글 다가와 마른 풀과 양 냄새를 희미하게 풍기며 이렇게 말하겠지.

너, 어느 마을에서 왔니?

그 말을 듣고 전학생인 나는 틀림없이 깊게 안도할 것이다. 이 새 반에서 나는 분명 잘해나갈 수 있을 거야. 설령 어떤 곤란이 기다리더라도 페터, 이 순박한 남자아이가 있는 한 나는 괜찮아.

그것이 내가 숙고 끝에 내놓은 대답이었다.

그 자리에 있던 멤버들은 저마다 자신의 대답을 말했다. 여성 편집자 K씨는 〈우주소년 아톰〉의 아톰, I씨는 〈루팡 3세〉의 루팡, 남성 편집자 K씨는 놀랍게도 〈시끌별 녀석들〉의 라무*(라무가 충격적이어서 그 뒤로 이어진 두 명의 대답은 까먹었다).

이 질문의 해석은 맨 먼저 말을 건 캐릭터가 가장 잘 맞는 이성 타입이라고. 말을 걸었을 때의 기분은 그들과 함께일 때 자신이 느끼는 감정인 모양이다.

그런가, 역시 나에게 맞는 것은 촌놈 페터인가. 블랙잭이나 도도 선배처럼 쿨한 남자에게 끌리지만 잘 맞는 것은 페터인가. 흐으으으으음. 뭐, 퉁퉁이가 아니라서 다행이지만.

자, 전학생인 당신에게 말을 거는 것은 어떤 애니메이션 캐릭터인가요?

아니, 그보다 나는 오히려 처음으로 떠오른 반 친구들이 누구누구인지 알고 싶네요. 그나저나 라무라니……

---

* 호피무늬 비키니 차림에 도깨비 뿔이 달린 외계인.

미모, 재능, 건강 중
무엇을 선택할 건가요?

매일 한가하고 즐겁게 지냈던 이십대 초반 무렵, 틈만 나면 몇몇이서 친구 집에 모여 시시한 잡담을 끝없이 나누었는데 언젠가 '신이 나타나서 미모, 재능, 건강 중 하나를 준다고 하면 무엇을 받을까?'라는 이야기가 나왔다.

우리는 이 문제에 대해 꽤나 진지하게 생각했다.

재능. 이것이 숙고 끝에 내가 내놓은 대답이었다.

그 세 가지에 순서를 매기자면 재능, 미모, 건강 순이다.

하지만 그 자리에 있던 친한 친구 E는 "그런 건 이상해"라고 말했다. E의 단독 1위는 '건강'이었다. E가 말하기를 아무리 재능이 있거나 미모가 출중해도 건강하지 않으면 그것을 살리지 못한다고 했다. 건강이 최고. 인생의 기본.

물론 나는 그에 대해 반론을 펼쳤다. 건강 같은 건 자기가 어떻게든 컨트롤할 수 있다. 재능과 미모만은 스스로의 힘으로는 어떻게 하기 어렵다. 모처럼 신이 무언가를 준다는데 건강이라니 너무 좀스럽다. 세계 제일의 재능이나 세계 제일의 미모라면 멋지지만 세계 제일의 건강은 어쩐지 처량한 기분이 든다.

　낮부터 그런 토론을 시작해서 초저녁이 지나도록 끝나지 않았고, 저녁밥 먹을 시간이 되어서야 겨우 "그럼 너는 건강을 받으면 되겠네. 나는 재능" "응, 나는 건강으로 할래" 하고 다들 저마다 자기 의견의 옳음을 확인하며 이 이야기는 겨우 끝났다.

　실제로 신이 나타나서 세 가지 가운데 고르게 해줄 리 없으니 실없다면 실없는 이야기지만, 그로부터 15년 가까이 지난 지금 나는 때때로 그 의제를 떠올리며 "역시 건강이야!" 하고 절실히 실감하게 되었다. 'E, 네가 옳았어. 가장 먼저 받아야 할 것은 건강이야!' 하고.

　재능을 가장 원한다고 대답했을 때의 나는 소설가로 데뷔는 했었지만 그 일을 계속해나갈 수 있을지 자신이 없었다. 재능이 있으면 계속해나갈 수 있으리라 생각했다. 미모도 갖고 싶었지만 그것은 두 번째였다. 원하는 것은 작가로서의 일을 잃지 않는다는 보장뿐이었다.

그로부터 십수 년이 흘렀다. 나는 지금 그때 바랐던 대로 일단은 작가로서의 일을 계속하고 있다. 하지만 계속할 수 있었던 것은 재능 덕분이 아니라는 사실을 확실히 안다. 만약 앞으로도 계속할 수 있다 해도, 또 계속하지 못한다 해도 양쪽 다재능 때문은 아니리라고 어렴풋이 이해하고 있다. 무언가를 하는 데 자질은 필요하지만 재능은 필요 없다. 재능이라는 말을 지금의 나는 전혀 믿지 않는다.

글쓰기라도 좋고 다른 분야, 이를테면 요리를 만든다거나 노래를 부른다거나 하는 것이라도 좋다. 여하튼 넘칠 듯한 재능이 있다 치자. 그러나 그런 건 그 재능의 소유자를 도와주지 않는다. 지금 누구나 감동하는 요리를 만들 수 있다 한들 10년 뒤, 20년 뒤에도 마찬가지로 요리로 모든 사람을 감동시킬 수 있으리라는 법은 없다. 그 시간의 흐름 속에서 사람들의 미각은 변하고 소재도 변한다. 요리 자체가 전반적으로 진화한다. 그런 변화에 대응하지 못해서(또는 완강하게 거부해서) 그 사람의 요리가 내리막길을 걷는다면 재능 같은 건 사실 없었다는 뜻이 된다. 한때의 재능은 기적이라고 바꿔 말하는 편이 옳다. 그리고 재능보다 한순간의 기적을 손에 넣는 편이 의외로 간단할지도 모른다는 생각도 든다.

재능이라는 말은 나중에 붙이는 무언가다. 평생 계속할 수 있었다면, 바로 그 평생의 끝에 재능이라는 말을 붙여야 한다. 스물 몇 살 때 받을 수 있는 선물이 아니다. 그것이 나의 개인적인 '재능관'이다.

그때 '글 쓰는 일을 계속하고 싶다'고 강하게 소망했던 내가 바라야 할 것은 건강이었다. 해가 갈수록 나는 그렇게 실감한다. 왜냐하면 뼈저리게 깨달았기 때문이다. 글쓰기란 절반 이상이 육체노동이라는 것을.

나는 이제까지 내내 소설을 쓴다는 것은 머리를 쓰는 일이라고 생각했다(그래서 분명 재능 같은 것을 원했겠지). 하지만 그게 아니다. 머리로 아무리 장대한 것을 생각해봤자 그것을 문자로 옮기지 못하면 아무것도 되지 않는다. 그리고 문자로 옮기는 작업이란 아무래도 육체노동이다.

올해 들어 작년과는 질적으로 완전히 다른 바쁨이 덮쳐서 글을 쓸 시간이 줄어들었다. 쓸 시간을 늘리기 위해 아침 일찍 일어나 허겁지겁 쓴다. 그러면서 '하지만 이건 한계가 있어' 하고, 나는 바보처럼 이제야 깨달았다. 지극히 평범한 사람은 80킬로그램짜리 짐이라면 어떻게든 들어 올릴 수 있지만 200킬로그램은 도저히 무리다. 이런 한도는 글을 쓰는 데도 적용된다. 아무리 키보드를 빨리 쳐봤자 하루에 칠 수 있는 글자 수는 한정되어 있다. 머릿속에서 5천 장짜리 이야기가 끝나 있어도 그것을 쓰는 데는 몇 개월이 걸릴 것이다. 게다가 여분의 원고지를 한 장도 쓰지 않고 딱 5천 장 안에 다 쓰기란 불가능하다(물론 그런 일이 가능한 사람이 있기야 있지만). 5천 장 쓴다면 이에 더해 천 장이나 2천 장, 혹은 같은 분량인 5천 장의 파지가 생긴다. 그러면 거기서 몇 개월이 더 필요해진다. 육체 없이는 할 수 없는 노동이다.

얼마 전 처음 만난 편집자에게 일을 의뢰받으며 "이 정도 분량이면 휘리릭 쓰실 수 있죠?"라는 식의 말(정확히는 다르지만 뉘앙스상 그런 뜻)을 듣고 화가 치밀어 이를 갈았는데, 이는 육체노동자의 분노다. 머릿속에 휘리릭 떠올릴 수 있다 해도 그것을 옮겨 적는 데는 5천 장짜리 소설을 쓰는 것과 완전히 같은 노동이 필요하다. 휘리릭 쓸 수 있다면 네 녀석이 써보지 그래! 하는 분노였다.

작가가 해야 하는 일은 떠올리는 것이 아니라 문자로 적는 것이다.

이 노동을 계속해나가는 데 필요한 것은 두말할 필요 없이 건강이라고 나는 생각하게 되었다. 나이를 먹은 것인지도 모른다.

어쨌거나 신이 나타나 금도끼 은도끼처럼 '건강과 미모와 재능……' 같은 걸 고르게 해줄 리는 없지만. 그런 몽상을 입을 반쯤 벌리고 하는 면만은 십수 년 전과 하나도 변하지 않았다.

특별한 장소가
있나요?

장소에 대해 자주 생각한다.

모르는 장소가 왠지 연극의 배경 그림처럼 보일 때 없나요?

회의 등으로 낯선 동네에 불려가서 가본 적도 없는 찻집에 홀로 앉아 거리를 바라보고 있으면 눈앞에서 일어나는 일 모두가 현실감이라고는 전혀 없는 환영처럼 보일 때가 내게는 종종 있다. 그 동네 사람들은 지극히 평범하게 개를 산책시키거나 물건을 사고 있지만, 그것이 왠지 나 자신과 전혀 관계없는 사람들의 신기한 행동으로 보이는 것이다.

내가 아는 장소라면 하나하나의 행동, 개를 산책시키거나 채소 가게에 들르거나 자판기에서 주스를 뽑는 등의 일이 현실과 딱 맞아떨어진다. 의미 있는 행위라고 무의식적으로 이해할 수 있다.

그와는 정반대로 나와 관계없는 장소인데도 어떤 마음을 품고 간 적이 있다면 그곳이 더 이상 평범하게는 보이지 않을 때도 있다. 이때 역시 현실감이 더더욱 흐려진다.

이를테면 옛 애인이 살던 동네가 그렇다.

나는 가는 곳이 매우 편중되어 있어서 각별히 좋아하지 않는데도 자주 가는 동네가 있는가 하면(오쿠보 같은 곳) 5년에 한 번 정도 가는 동네도 있다(시부야 같은 곳). 이제까지 간 적이 전혀 없고 앞으로도 갈 일이 없을 듯한 동네도 있는데, 오래전 그런 인연이 먼 곳에 내가 좋아했던 사람이 살았다. 그래서 당시에는 그 동네에 자주 갔다.

이제껏 관계없었고 앞으로도 관계없으리라 생각했던 동네가, 좋아하는 사람이 있다는 것만으로 의미 있는 곳이 된다. 찻집 위치나 패스트푸드점 위치, 교차로 이름 따위를 기억한다. 그런데 그 기억하는 방식이 어딘지 모르게 봄바람처럼 포근한 느낌이랄까, 내가 사는 동네를 기억하는 방식과는 조금 다르다.

좋아하는 사람과의 인연이 끊어져서 그 동네와도 관계가 없어지면 즉시 그곳 자체가 머릿속에서 완전히 지워진다. 자신의 지도를 만든다면 그 일대만 공백이 된다.

그러나 물론 실제의 그 장소가 소멸할 리도 없으니, 몇 년쯤 지나 엉뚱한 일로 그 장소로 향할 때도 있다. 나는 지리에 어두워서 회의 장소 등을 지정받으면 그곳이 어디인지 모르는 채 지도의 표지만을 의지하여 걷고 또 걷는데, 언젠가 그렇게 걷던 중 데자뷔 같은 감각이 덮쳐와 어쩐지 꺼림칙한 기분이 들었고, 그제야 비로소 '으악' 하고 깨달은 적이 있다. 그곳은 좋아했던 그 사람이 살던 동네였고, 포근하게 기억했던 찻집이나 패스트푸드점이 분명히 거기에 있었다.

그럴 때 그곳은 옛날에 그림책 속에서 본 듯한 동네로 보인다. 상점도 아스팔트도 맨션도 평범한 가게, 평범한 도로, 사람이 사는 평범한 집이라는 느낌이 안 든다. 그래도 지극히 평범하게 그 동네에 사는 사람이 있으니 그 기묘함이란 말로 표현할 수 없다.

작년에 내 어머니가 입원했던 곳은 사가미오노라는 동네였는데, 하코네행 열차인 로망스카의 정차역이었다. 다른 열차보다 몇 분 빨리 간다는 이유로 병원에 갈 때는 언제나 로망스카를 탔다. 그때까지 나에게 로망스카란 나들이를 가는 전철이었고 차장 밖 풍경은 어딘가 들떠 보였다. 하지만 병원을 다니기 시작한 뒤로 로망스카의 의미는 완전히 달라졌다. 괴롭고 슬픈 탈것이 되었다. 함께 탄 승객의 90퍼센트가 나들이를 떠나는 즐거워 보이는 사람들이라는 것도 괴로움과 슬픔을 배로 만들었다.

어머니가 그대로 세상을 떠났기 때문에 로망스카는 나에게 아직도 슬픔의 전철이다.

얼마 전 하코네에 일이 있어서 어쩔 수 없이 로망스카를 탔다. 좌석에 앉자마자 1그램도 줄지 않은 슬픔이 덮쳐와 깜짝 놀랐다. 창밖으로 흘러가는 여름 햇살 아래의 동네가 왠지 고개를 푹 숙이고 있는 듯한 서먹서먹한 느낌이었다. 예전에 좋아했던 사람이 살던 동네에 불쑥 발을 들여놓았을 때처럼 현실감이 없었다. 창밖을 보지 않도록 노력하며 내내 책을 읽었다.

그리고 실로 이상하게도 사가미오노에 가까워짐에 따라 맹렬한 수마가 덮쳐와 나는 꾸벅 잠이 들었다. 눈을 뜬 곳은 사가미오노의 다음 정차역이었고 수마는 거짓말처럼 사라져 있었다. 아아, 나는 그 장소를 아직도 똑바로 쳐다보지 못하는구나, 무의식이 나를 잠들게 해주었구나, 하고 생각했다.

장소란 마음과 결합되어 의미를 가진다. 배경 그림의 파란색이 나를 내려다보는 하늘이 되고, 배경 그림의 민가가 사람 생활의 근원이 된다. 슬픈 마음도 들뜬 마음도 장소는 빨아들인다. 빨아들여서 그곳에 계속 존재한다.

그것이 설령 슬픈 마음이라 해도, 낯선 장소가 의미를 가지는 것을 나는 좋은 일로 분류한다. 지나쳐간 그 장소가 그저 배경 그림인 것보다 어떤 마음을 환기하는 하늘이나 길이나 집들인 편이 우리에게는 행복일 것이다. 우리는 그런 식으로 이 미끄러운 세계에 표지를 만들어 자기 힘에 겨운 광대한 배경 그림을 소유해나가는 것이 아닐까.

슬픈 기분과 결합된 동네를 언젠가 자지 않고 볼 수 있을 때, 분명 (나만 가질 수 있는) 일종의 사랑스러움이 마음 가득 차오르지 않을까. 그래서 나는 기대하고 있다.

최근 마음이 흔들린 적은
언제인가요?

일 때문에 빈과 부다페스트와 베를린에 다녀왔다. 주요 취재지는 헝가리의 부다페스트, 토커이, 에게르뿐이고 나머지는 뭐랄까, 말하자면 부록 같은 것이었다. 편집자와 둘이서 갔는데 메인 취재 말고는 매일 따로 행동하는 이상적인 취재 여행이었다.

어쨌거나 쓰러질 때까지 걷는다. 이것이 나의 평소 여행 스타일이다. 이번에도 기진맥진할 때까지 걸었다. 우루무치에서는 7시간 걸었는데 이번에는 10시간 가까이 걸었다. 빈과 베를린에는 지하철과 트램을 마음껏 이용할 수 있는 티켓이 있고, 빈은 특히 노선이 간단해서 도쿄 메트로조차 어려워하는 나도 쉽게 탈 수 있다. 하지만 아무래도 '여기랑 여기가 지도상으로는 이어져 있는데 정말로 그럴까? 만약 그렇다면 어떻게 이어져 있을까?' 하는 생각이 들고, 그러면 걷지 않고서는 견딜 수 없어진다. 신주쿠와 오쿠보는 지도로 보면 바로 옆인데 어떤 식으로 동네가 이어져 있을까, 하고 확인하는 것과 비슷한 느낌이다.

확인해보면 실제로 동네는 이어져 있고 연결 마디라는 것도 분명 존재한다(신주쿠-오쿠보 사이라면 가부키초에서 분위기가 확 짙고 어두워지며 이국적인 간판이 나타나기 시작하는 것처럼). 역시 걸으면 그 동네의 크기나 공기, 미묘한 주거지의 구분 등을 알 수 있어서 아주 재미있다.

이번에 그런 식으로 걸어 다니던 중 나는 몹시 마음이 흔들리는 체험을 했다.

빈 도심을 둘러싼 둥근 원을 조금 벗어난 곳에 이상야릇한 건물이 갑자기 나타난다. 그 건물 주위만 돌바닥 길이 구불구불 솟아오르거나 물결 모양으로 꺾여 있는데, 그 길에 가우디의 작품을 조금 더 천진하게 만든 듯한, 형형색색에 창 크기도 제각각인 매우 신기한 건물이 얹혀 있다. 사람이 사는 아파트인 모양인지 안에는 들어갈 수 없다.

와, 이거 뭐지. 멍하니 건물을 올려다본 뒤 가이드북에서 찾아봤더니 틀림없이 실려 있었다. 훈데르트바서라는 예술가가 만든 건물인 모양이다. 조금 떨어진 곳에 그의 건축물이 하나 더 있는데, 그 건물 안에는 그의 미술관도 있다고 쓰여 있다. 나는 지도를 의지하여 또 다른 건물을 보러 갔다.

이곳 역시 구불구불한 돌바닥이 펼쳐져 있고, 그 위에 아까 본 것보다는 조금 더 시크하지만 역시 기발한 건물이 서 있다.

훈데르트바서가 누구인지 모르는 채 나는 미술관에 가봤다.

들어가자마자 간 떨어질 뻔했다. 마음이라는 것이 몸속에 있다면 그것이 아주 정확하게 움켜쥐어진 느낌. 컬러풀하고 팝하고 미세하고 떠들썩하고 어딘가 유머러스한 그림이, 큰 것도 작은 것도 잔뜩 있다. 어디가 어떤 식으로 대단한지 나는 모르지만 뭐랄까, 그림이 곧장 내 안으로 들어온다.

미술관은 학교 미술실을 연상케 하는 자유로운 분위기로 큰 나무가 심어져 있고 그림 앞에는 의자도 늘어서 있다. 큰 창이 있어서 햇빛이 듬뿍 쏟아져 내린다.

스스로가 진열된 그림을 몹시 좋아한다는 것을 알 수 있었다. 마음 어딘가가 물을 꿀꺽꿀꺽 마셨을 때처럼 촉촉해지는 것을 알 수 있었다.

그림을 보는 것은 내게 때로 너무 어렵다. 나는 조각보다 회화를 좋아하지만 어떤 선입관이 있으면 그 선입관에 좌우되고 만다. 가령 벨베데레 오스트리아 갤러리에는 엘 그레코와 클림트의 작품이 있다는 정보를 가이드북에서 봤다면 우선 엘 그레코와 클림트를 보려 하게 된다. 그 이유는 '이름을 알고 있으니까'일 뿐인데, 그래도 일단 보고 나서 무언가를 생각하려 하게 된다. 특히 나는 클림트는 좋아하지도 않고 굳이 말하자면 싫어하는 편인데도, 유명한 작품인 〈키스〉 앞에서는 무언가를 생각해야만 할 듯한 기분이 들고 실제로 무언가를 생각한 듯한 느낌도 받는다. 이럴 때 나는 자신에게 '진짜 콤플렉스'가 있다는 것을 실감한다. 진짜란 게 무엇인지를 모르기 때문에 진짜라 불리는 것을 보고 진짜를 안 듯한 기분을 느끼려 하는 것. 그것이 진짜 콤플렉스다.

그래서 어떤 선입관도 없이 '이게 뭐지, 저게 누구지?' 생각하며 본 그림에 마음을 빼앗기는 체험이 나에게는 정말로 귀중하다. 그런 체험이 없으면 나는 아무래도 스스로를 신용할 수 없다.

조용하고 자유로운 미술관을 걸으며 그나저나 이 사람은 대체 누구일까, 일본에 돌아가면 자세히 알아보자, 하고 생각했지만 의자에 걸터앉아 컬러풀한 그림을 가만히 바라보고 있었더니 이 사람이 누구인지 따위는 아무래도 좋다는 기분이 들었다. 중요한 것은 이 사람이 누구인지, 업적이 무엇인지, 지명도가 어떤지가 아니라 무엇에도 좌우되지 않고 내 마음이 흔들렸던 것, 그뿐이지 않은가.

내 발로 걸어서 그런 대상을 만나면 정말로 기쁘다. 만약 그런 일이 없어진다면(즉 〈키스〉만을 보러 가서 무언가를 생각하려 할 뿐이 된다면) 그때야말로 나는 스스로에게 실망하기로 마음먹었다.

그렇게 생각하면 사람에 대해서도 비슷한 느낌이 든다. 어떤 선입관도, 심리적 가감도 없이 정신적 벌거숭이 상태로 만나서 휘청거리거나 마음이 크게 흔들리고 싶다. 만약 백 살까지 산다 해도 마음이 제대로 흔들려준다면 좋겠다.

후기

초등학생 때는 1년이라는 기간이 평생 안 끝나는 게 아닐까 싶을 정도로 길었는데, 지금은 1년 같은 건 놀랄 정도로 빨리 지나간다. 실질적으로는 1년이 안 되지 않을까 의심하고 싶어질 때가 종종 있다. 그러나 지나고 보면 1년 전의 일은 멀리 희미해져서 윤곽조차 분명치 않은 것 같기도 하다.

2003년부터 2005년까지 블룸북스 홈페이지에서 연재를 했다. 2003년 7월이라 하면 처음으로 작업실을 빌린 무렵이다. 그때까지는 집에서 일을 했는데, 그 집이 일과 관련된 이것저것으로 어지럽혀질 대로 어지럽혀졌고 그 상황이 지긋지긋해진 나는 근처의 원룸을 빌렸다.

그때의 일은 지금도 선명히 기억한다. 전에는 프리랜서에게

엄격한 부동산만 만나왔기 때문에 방조차 보여주지 않는 것은 아닐까 벌벌 떨며 부동산의 자동문을 빠져나왔던 일. 작업실은 빌렸지만 방세를 못 내게 되면 어쩌나 걱정했던 일. 작업실과 주거지를 구분함으로써 지금까지는 없었던 재해가 일어날 수 있지 않을까 불안해했던 일(예를 들면 주전자를 가스레인지 불 위에 올려둔 채 작업실에 가서 집이 불탄다거나. 풍수에 안 좋아서 일이 뚝 끊긴다거나). 작업실에는 조리 도구가 없어서 주뼛주뼛 혼자 점심을 먹으러 갔던 일.

선명하게 기억하고는 있지만, 그러나 믿기 힘들 만큼 옛날 일로 느껴진다. 그로부터 지금까지 작업실을 두 번 옮겼다. 지금은 예전에는 집에서 일을 했다는 것을 믿을 수 없다. 텔레비전이나 게임이나 요리의 유혹을 어떻게 이겨내고 일을 해왔는지를 떠올릴 수 없다(이겨내지 못했을 수도 있다).

나날이란 너무도 맥없이 흘러가면서, 일단 흘러가고 나면 아주 멀리까지 가버리는 것 같다.

나의 나날에서 2년간을 잘라내어 보면 대체로 변화로 가득하다. 나뿐만 아니라 누구라도 그럴 것이다. 하지만 그 변화는 외적인 것이고, 자기 자신은 외적인 변화만큼은 변하지 않는다. 물론 변해가겠지만 외부에서 일어나는 일에 의외로 좌우되지 않는다. 그것은 우리에게 처음부터 주어져 있는 씩씩함이라고, 쭉 생각하고 있다.

매월 두 번 썼던 이 에세이를 다시 읽어보니 소중한 이야기나 중요한 이야기, 심오한 이야기는 전혀 쓰여 있지 않고, 조금 면목 없어질 정도로 시시한 이야기가 질리지도 않고 나온다. 그러나 그 점은 나를 안심시킨다. 나는 무슨 일이 일어나든 시시한 것만 생각한다는 점이 나를 안심시키는 것이다.

쓰고 나서 2주 뒤에 웹이라는 매체에 올라가는 원고여서 쓰는 동안 언제나 '지금'이라는 느낌을 받았다. 지금 이 순간을 쓰고 있다는 감각이다. 요컨대 지금 이 순간 이런 하찮은 일들만 생각하고 있지만, 바로 그렇기 때문에 읽어주는 사람과 대화를 나누는 듯한 기분도 들었다. 술집의 작은 테이블에 마주 앉아 우리의 '오늘, 지금, 이 순간'에 대해 두서없이 이야기를 나누는 듯한. 그것은 몹시 즐거운 일이었다. 느긋하게 술을 마시며, 혹은 차를 마시며, 두서없이 이야기를 나누듯 읽어준다면, 그렇다면 나는 가장 기쁠 것이다.

가쿠타 미츠요

문고판 후기

이 에세이를 2주에 한 번씩 쓴 것이 벌써 4, 5년쯤 전의 일이다. 아주 옛날 같기도 하고, 다시 읽어보니 '꽤나 젊은 생각(시시한 생각)을 하고 있었구나' 하며 어떤 면에서는 감탄도 했지만 4, 5년 전에 비해 지금 현재 무언가가 달라졌는가 하면 별로 달라진 게 없다. 여전히 나는 이른 아침에 작업실로 출근하여 5시에 일을 마무리하고, 약속이 있으면 그대로 술을 마시러 가고, 친구와 연애 이야기로 꽃을 피우고, 약속이 없으면 집으로 돌아와 술을 홀짝이며 저녁을 먹고, 숙취로 괴로워하고, 사소하고 하찮은 일을 생각하며 나날을 보내고 있다. 나이만은 먹었지만 어른이 되었다는 실감도 없고 현명해진 기미도 없다.

그래서 아아, 이것이 나구나, 생각한다.

자주 듣는 이야기지만 스무 살 때는 마흔이 된 자신을 상상조차 할 수 없었다. 마흔이란 훌륭한 어른이고 분별력 있고 갈팡질팡하지 않고 세상의 이치를 깨우치기 시작했으며, 술을 마시거나 소란을 피우거나 야단법석을 떨거나 깊이 반성하거나 연애 때문에 들뜨거나 고통으로 몸부림치는 스무 살의 나날과는 멀리 떨어진 곳에 있으리라고 나도 막연히 생각했다. 분명 따분한 나날을 보내겠지. 따분하지만 평온한 나날을 보내겠지. 그런 식으로 생각했으나 따분한 평온함 속에 있는 스스로를 상상할 수는 없었다.

　하지만 마흔이 되어보니 술을 마시거나 소란을 피우거나 야단법석을 떨거나 깊이 반성하거나 연애 때문에 들뜨거나 고통으로 몸부림치는 일은 변함없이 나날 속에 섞여들어 있다. 물론 스무 살 무렵과 완전히 같지는 않다. 변주를 해가며, 그러나 역시 그런 일들은 멀어지지는 않았다.

　이 책의 한 에세이에서 예전에 나는 시간은 일방통행이라서 앞으로만 나아간다고, 그것을 체감으로 이해해서 깜짝 놀랐다고 썼다. 그리고 그것은 사실이라서 삼십대 중반 무렵 나를 괴롭혔던 문제는 더 이상 나를 괴롭히지 않고, 그 시절 내가 필사적으로 붙들고 있었던 것은 이제 딱히 중요하지 않아졌다. 시간과 함께 그것들은 등 뒤로 흘러가버렸다. 하지만 일방통행의 시간 앞에는 또 새로운 고민거리가 있고, 필사적으로 붙들고 싶은 것도 있었다.

지금보다 젊은 날에 쓴 글을 다시 읽으면 그 무지와 옹졸함, 미숙함에 반드시 부끄러워지지만 나는 이 책을 다시 읽어도 이제는 부끄럽지 않다. 마흔이 되어도 나는 이런 식이라며 뻔뻔하게 구는 것일 수도 있고 체념한 것일 수도 있다. 그리 생각하면 변변치도 못한 것만 써서 엮은 이 에세이는 나에게 내 키와 같은 무언가일지도 모른다. 친한 친구와 마주앉을 때처럼 젠체하지도 않고 꾸미지도 않는 그런 나의 모습 중 하나일지도 모른다.

읽어주신 분들과 함께 나이를 먹어갈 수 있다는 것을 저는 몹시 기쁘게 생각합니다.

가쿠타 미츠요

치밀한 작가의 소소한 사생활

1967년생인 저자가 삼십대 중후반에 쓴 에세이를 번역했다. 나오키상, 가와바타 야스나리 문학상, 중앙공론문예상, 시바타 렌자부로상 등 굵직한 문학상을 휩쓸다시피 하며 현재 일본 문단의 가장 중요한 작가 중 하나로 확고히 자리매김한 가쿠타 미츠요.

이 책은 그런 그가 작가로서 급성장했던 시기인 2003년에서 2005년 사이에 쓴 글을 모은 수필집이다(가쿠타 미츠요는 2003년에 『공중정원』으로 부인공론 문학상을, 2005년에 『대안의 그녀』로 나오키상을 수상했다). 『종이달』 『8일째 매미』 『언덕 중간의 집』 등의 서스펜스 소설에서 구현해낸 정교한 허구의 세계와 『프레젠트』 『내일은 멀리 갈 거야』 『평범』 등에서의 비범한 여성 심리 묘사를 생각하면 치밀하고 진지한 성격일 것 같은 그가 에세이만 썼다 하면 독자를 깔깔 웃긴다니 참 신기한 일이다.

이 책은 남자를 볼 때 '심쿵'하는 포인트, 집 이야기와 애인 이야기의 상관관계, 수렵형과 농경형의 연애 방식, 등등 (인생에서 딱히 중요하지는 않지만) 소소하게 흥미로운 화제들로 가득하다. 나 역시 이런 이야기라면 친구와 하루 종일 나누어도 결코 지겹지 않을 것 같다. 우리의 삶을 풍성하게 만들어주는 것은 의외로 이런 시시하고 두서없는 대화가 아닐까. 아무리 엉망으로 보낸 하루라도 그 끝이 유쾌한 수다로 끝난다면 그날 전체가 틀림없이 구원받을 테니까.

저자가 지금의 내 또래일 때 쓴 글이라서 그런지, 번역하며 내내 재기발랄한 친구와 끝없이 수다를 떠는 기분이었다. '당신이라면 어떻게 하겠습니까 게임' 대목에서는 마주앉은 상대의 코털이 나온 상황을 나라면 어떻게 헤쳐 나갈지 진지하게 고민해봤고(아무런 암시도 주지 않은 채 모르는 척할 것이다), 내게도 혹시 스몰 트라우마가 있는지 되짚어봤으며(그러고 보니 버스를 타면 내려야 할 곳을 지나칠까 봐 노선도에서 눈을 떼지 못한다), 전학 간 학교에서 나에게 가장 먼저 말을 걸어줄 캐릭터는 누구일지 상상해봤다(애니메이션 〈시간을 달리는 소녀〉의 남자 주인공인 마미야 치아키였다!). 쓸데없다면 쓸데없고 하찮다면 하찮지만, 그럼에도 이런 대화는 반드시 우리를 미소 짓게 만든다. 일상의 사소한 순간도 그냥 보아 넘기는 일 없이 기민하게 포착하여 흥미로운 화제거리로 바꾸어주는 가쿠타 미츠요 같은 친구가 곁에 있다면 인생의 채도가 얼마나 높아질 것인가.

그는 이 글의 연재를 마치고 4, 5년 뒤 문고판 후기에서 "마흔이 되어보니 술을 마시거나 소란을 피우거나 야단법석을 떨거나 깊이 반성하거나 연애 때문에 들뜨거나 고통으로 몸부림치는 일은 변함없이 나날 속에 섞여들어 있다"고 말했지만, 그로부터 시간은 또 흘렀다. 그도 이제는 결혼(재혼)을 하여 뮤지션 남편, 근사한 아메리칸 숏헤어 고양이 토토와 함께 살고 있다. 그의 연애 에세이를 좋아하는 독자로서는 이제 새로운 연애담을 들을 수 없다는 사실이 조금 아쉽기는 해도, 이 근면한 저자는 변함없이 아침 8시에서 9시 사이에 작업실에 가서 5시까지 글을 쓰는 모양이므로 활발한 창작 활동은 앞으로도 계속될 것이다. 그가 60대, 70대가 되면 우리에게 또 어떤 이야기를 들려줄지 벌써부터 기대된다.

저자는 느긋하게 술을 마시며, 혹은 차를 마시며 두서없이 이야기를 나누듯 읽어준다면 가장 기쁠 것이라고 썼다. 그가 들려주는 이야기라면 나는 언제든 눈을 빛내며 들을 준비가 되어 있다. 작은 테이블에 마주앉아, 녹차나 맥주를 앞두고, 1분에 다섯 번씩은 웃어가며. 모쪼록 이 소소한 수다의 즐거움이 이 책을 읽은 분들께도 전달되었기를 바란다.

2019년 5월

이지수

옮긴이 | 이지수

고려대학교와 사이타마대학교에서 일본어와 일본문학을 공부했다. 편집자로 일하다
가 번역자로 전향했다. 텍스트를 성실하고 정확하게 옮기는 번역가가 되기를 꿈꾼다.
『말하기 힘든 것에 대해 말하기』, 『거리의 현대사상』, 『소아과 병동의 사계』, 『사는 게
뭐라고』, 『죽는 게 뭐라고』, 『아주 오래된 서점』, 『영화를 찍으며 생각한 것』, 『홍차와
장미의 나날』 외 다수의 책을 옮겼다.

사랑을 하자, 꿈을 꾸자, 여행을 떠나자

초판 1쇄 발행 2019년 7월 5일

지은이 가쿠타 미츠요
옮긴이 이지수

펴낸곳 서커스출판상회
주소 서울 마포구 월드컵북로 400 5층 24호(상암동, 문화콘텐츠센터)
전화번호 02-3153-1311
팩스 02-3153-2903
전자우편 rigolo@hanmail.net
출판등록 2015년 1월 2일(제2015-000002호)

ISBN 979-11-87295-36-5 03830

이 도서의 국립중앙도서관 출판예정도서목록(CIP)은 서지정보유통지원시스템 홈페이지(http://seoji.nl.go.kr)와
국가자료공동목록시스템(http://www.nl.go.kr/kolisnet)에서 이용하실 수 있습니다.
(CIP제어번호: CIP2019021621)